Emilys
Rätsel

Café Sehnsucht

Emilys
Rätsel

Café Sehnsucht

ELLA WÜNSCHE

Bibliografische Information der Deutschen Nationalbibliothek: Die
Deutsche Nationalbibliothek verzeichnet diese Publikation in der Deut-
schen Nationalbibliografie; detaillierte bibliografische Daten sind im
Internet über dnb.dnb.de abrufbar.

© Ella Wünsche 2018
Herstellung und Verlag: BoD – Books on Demand, Norderstedt
ISBN-13: 9783748107606

Lektorat: Christiane Kathmann, Sandra Schwarzweller
Korrektorat: Sandra Schwarzweller
Covergestaltung & Satz: Daniel Morawek
Bildquellen: depositphotos.com / radub85, lilam8, lamento

Auflage 1 | September 2018

www.ella-wuensche.de

Kapitel 1

Die Diskokugel drehte sich und projizierte blaue, gelbe und rosafarbene Sterne auf die jungen Gesichter. Dass sie provisorisch an der Wohnzimmerlampe festgebunden worden war, störte niemanden. Die Partybesucher, allesamt nicht älter als dreizehn, vierzehn Jahre, waren bester Laune. Auf dem Tisch standen große Mengen an Chips, Bier und Energydrinks. Die Mädchen waren alle entsprechend der neuesten Trends aus der *Lisa* oder der *Bravo* geschminkt und saßen auf der einen Seite des Wohnzimmertisches, den Jungs gegenüber. Sie wirkten wie Puppen, die für einen Schönheitswettbewerb hergerichtet worden waren, denn meist passte das starke Make-up nicht zu den Hüftjeans und den kurzen T-Shirts, die den noch vorhandenen Babyspeck offenbarten. Musik dröhnte aus den Lautsprechern. Der Hausherr, oder eher der Sohn des Hausherrn, suchte gerade auf seinem iPod, der mit einem alten Ghettoblaster verkabelt war, nach einem neuen Lied. Die Party fand im Esszimmer statt. Tisch und Stühle waren in Sicherheit gebracht worden, und wo sonst der Teppich lag, hatte man eine Plane aus Kunststoff auf den Boden geklebt. Ein paar Mädchen tanzten dort und forderten immer wieder die anderen auf, mitzumachen. Die Jungs konnten sich dazu noch nicht überwinden.

In diesem Moment kam ein hübsches Mädchen zur Tür herein, das im Gegensatz zu den anderen nur leicht geschminkt war. Sie trug ein schlichtes rotes Kleid und eine Jeansjacke. Für einen Moment richteten sich die Blicke aller anwesenden Jungs auf sie. Nichts an ihr wirkte aufgesetzt, sie kam erhobenen Hauptes in den Raum und nahm ihn sofort ganz ein. Dies blieb den anderen Mädchen nicht verborgen und sie bedachten die Neue mit bösen Blicken, bevor sie sich abwandten.

Während alle anderen sich wieder auf die Party konzentrierten, konnte er seine Augen nicht von ihr abwenden. Seine Fee in Rot, sie war tatsächlich gekommen! Wie sehr hatte er gehofft, sie heute zu treffen. In ihr sah er etwas, was er bei den anderen Mädchen vermisste: eine natürliche Eleganz und Freundlichkeit. Er ließ sich nichts anmerken und überlegte doch gleichzeitig fieberhaft, wie er den Abend nutzen konnte, um ihr näherzukommen. Seit sie vor ein paar Wochen in die Stadt gezogen war, träumte er von ihr. Sie war in seiner Klasse und er wusste, dass viele der anderen Jungs sie ebenfalls cool fanden. Sie war nicht nur schön, sondern auch nett. Dies wurde einem jedoch erst klar, nachdem man mit ihr gesprochen hatte, denn rein äußerlich wirkte sie ernst und etwas überheblich. Er hatte sich in dem Moment in sie verliebt, als sie seinen Klassenraum betreten hatte. Wie eine junge Schauspielerin, die sich in der Tür geirrt hatte, war sie förmlich in den Raum geschwebt. Ihre großen Augen mit den dichten Wimpern hatten ihn fasziniert. Wie sie sich anzog, wie sie ihre Haare trug – alles an ihr war anders als bei den Mädchen, die er kannte. Als ob sie für etwas Besseres bestimmt wäre, für die Bühne oder gar für Hollywood.

Genau dieses Gefühl überkam ihn jetzt, als er sie erblickte. Ihre braunen Haare fielen ihr lang und federleicht über die Schultern. Sie ging zu ein paar Mädchen aus der Parallelklasse, um sich mit ihnen zu unterhalten. Heute Abend musste er sie ansprechen! Er sah sich um und hatte das Gefühl, dass einige andere Jungs dasselbe vorhatten. Allerdings kannten die sie gar nicht richtig, sie fanden sie einfach nur hübsch.

Bei ihm war es anders. Er liebte sie. Er dachte nur noch an sie und vermisste sie schmerzlich, wenn sie einmal nicht zur Schule kam. In diesem Moment setzte ein langsames Lied von Norah Jones ein, *Sunrise*. Während die *Hoo-Ohh*-Chöre im Refrain erklangen, ging er auf sie zu. Er musste seine Schüchternheit überwinden und die der anderen ausnutzen. Sie hatte gerade dem Gastgeber sein Geschenk überreicht und holte sich etwas zu trinken. Noch einmal sah er sich um. Viele der Jungs im Raum hatten eine große Klappe, doch sie würden sich nicht trauen, sie anzusprechen. Er wusste, dass dies sein Moment war.

»Möchtest du tanzen?«

Sie drehte sich um und sah ihn überrascht an. Erst sagte sie nichts und er befürchtete, dass er sich furchtbar blamieren würde. Doch plötzlich erschien ein bezauberndes Lächeln auf ihrem Gesicht. Es war so schön, dass es ihm schwerfiel, zu atmen. Seine Knie wurden weich und er fürchtete, nicht tanzen zu können. Doch er überwand seine Angst, nahm ihre Hand und führte sie auf die Tanzfläche. Als er behutsam seine Hände auf ihren Rücken legte, zuckten beide kurz zusammen. Sie blickten sich an, das erste

Mal richtig und nicht verstohlen. Spürte sie etwa auch, dass sie etwas verband? Er konnte in ihren Augen sehen, dass es so sein musste. Ob es dieser kleine Blitzschlag war, als sie sich berührt hatten? Ihr Haar roch nach Kokos und er wäre am liebsten in diesen Duft eingetaucht. Ihr ernster Blick, den er von der Schule her kannte, wich einem Lächeln, das nur für ihn bestimmt zu sein schien. Mit ihr würde er für immer zusammenbleiben. Sie war die Frau seiner Träume. Empfand sie dasselbe?

Die Menschen um sie herum waren unwichtig geworden, sie nahmen sie nur noch als schemenhafte Schatten wahr. Norah Jones sang vom Sonnenaufgang, und sie fühlten sich, als würde gerade etwas Neues beginnen. Die Melodie des Liebesliedes würde er bestimmt noch Monate später summen.

Die letzten Takte waren schon verklungen, doch sie wollten, nein, sie konnten sich nicht voneinander trennen. Den anderen Partygästen fiel das auf, sie belächelten sie sogar, doch für die zwei spielte das keine Rolle. Sie blieben stehen, er nahm ihre Hand und wisperte: »Lass uns rausgehen.«

Sie nickte und gemeinsam gingen sie in den Garten. Schweigend wie ein altes Ehepaar, das sich schon seit Ewigkeiten kannte und deshalb keine Worte brauchte, sahen sie sich einfach nur an und spürten, was der andere empfand.

Am Gartenteich setzten sie sich auf das frisch gemähte Gras. Der Himmel war übersät mit Sternen, die Musik war nur noch dumpf aus der Ferne zu hören. Die Frösche quakten vergnügt um die Wette.

»Wann musst du heim?«, fragte er plötzlich.

Sie zuckte mit den Schultern. »Wann ich will.«

Er sah sie verwundert an, aber sie sagte nichts weiter. Seine Eltern hatten ihm erlaubt, bei Jonas zu übernachten, da nachts nur noch selten ein Bus in sein wenige Kilometer entferntes Heimatdorf fuhr. Sie ahnten nicht, dass Jonas' Eltern auf einer Hochzeit waren und erst am nächsten Tag zurückkommen würden.

»Ich bringe dich nach Hause«, sagte er und sie lächelte ihn an und bedankte sich.

Nachdem sie eine Weile dort gesessen und den Fröschen zugehört hatten, flüsterte sie: »Ich wusste gar nicht, dass du ...« Ihre Wangen erröteten leicht.

»... dass ich dich mag«, vollendete er ihren Satz und wunderte sich selbst über seinen Mut. »Ich habe mich in dem Moment in dich verliebt, als du vor einem Monat zum ersten Mal unser Klassenzimmer betreten hast.«

Sie lachte. »Echt?«

Er nickte und dann passierte etwas, das er nicht zu hoffen gewagt hätte. Sie gab ihm einen Kuss und er schmeckte Erdbeerkaugummi. In diesem Moment fragte er sich, ob das alles nur ein Traum war. Die erste Liebe hatte sie ohne Vorwarnung gefangen genommen und drohte, sie in ihrem Strudel zu verschlingen.

Kapitel 2

»*I just called to say I love you!*«, trällerte Stevie Wonder aus den Lautsprechern des *Café Sehnsucht,* als Alex hereinkam. Er grinste. Laura stand auf diese Schnulzenlieder aus den Achtzigern. Aus der Küche drang der Duft von frisch gebackenem Kuchen in den Gastraum, es wurde also schon fleißig gearbeitet.

»Hallöchen, schönste Chefin der Welt«, sagte er kurz darauf und gab Laura einen Kuss auf die Wange. Sie sah bezaubernd aus, eine Frau in ihren besten Jahren. Wie an jedem Morgen war sie sehr beschäftigt, da sie nicht zu den Frühaufstehern gehörte und immer erst kurz vor der Öffnung ins Café kam.

»Na, was gibt's Neues?«, fragte sie.

»Ich hab da jemand kennengelernt«, sagte er und sah sie geheimnisvoll an.

»Jetzt machst du es aber spannend. Erzähl mal.«

»Ein tolles Mädel. Na ja, kein Mädel in dem Sinne, eine coole Frau.«

»Schon wieder?«, witzelte Laura.

»Was heißt hier ›schon wieder‹?«

»Ach nichts«, antwortete Laura spöttisch. »Vielleicht wird es ja diesmal was Ernstes.«

»Marie ist eine Freundin von Lisa, erinnerst du dich an sie?«

»Deine Studienkollegin?«

»Ja. Sie studiert ebenfalls Kommunikationsdesign.«

»Na, das ist doch super, da habt ihr schon mal ein Gesprächsthema! – Jetzt muss ich aber weiterarbeiten. Du kannst hinter der Bar anfangen.« Sie war bereits auf halbem Weg in die Küche, als sie stehenblieb und in die Antiquitätenecke deutete. »Gestern hat jemand so eine alte Filmkamera auf den Tisch gestellt. Vielleicht ist das ja etwas für dein Studium.«

»Ich schau sie mir gleich mal an.«

»Aber verteil bitte erst die Blumen auf den Tischen«, bat seine Chefin und verschwand in der Küche.

Die Tulpen standen in einem Eimer auf dem Tresen. Alex verteilte sie auf die schmalen Vasen, die Laura dazugestellt hatte, und summte dabei *»I just called to say I love you.«* *So schnell hat man einen Ohrwurm*, dachte er, als er sich dabei ertappte und lachte.

Er stellte die ersten vier Tulpenvasen auf ein Tablett. Dabei fiel sein Blick in die Ecke im hinteren Teil des Cafés. Dort stand der Tisch mit den Antiquitäten, auf dem ihre Stammkunden Dinge anbieten konnten, die sie nicht mehr benötigten. Alex wusste nicht so recht, wieso, aber vieles von dem alten Krempel war ihm mittlerweile ans Herz gewachsen. Einige Sachen standen schon so lange in der Ecke auf dem Tisch, dass Alex sogar traurig gewesen wäre, wenn sie jemand gekauft hätte. Die alte Porzellanvase, eine Mundharmonika, mehrere Tassen und alte Postkarten warteten seit Monaten auf einen neuen Besitzer. Alex ging mit dem Tablett dorthin.

11

Er nahm die Kamera, von der Laura gesprochen hatte, in die Hände und betrachtete sie neugierig. Es war eine Super 8, wahrscheinlich aus den Siebzigerjahren, im schicken Retrolook. Während er sie betrachtete, fiel sein Blick auf eine kleine braune Schatulle, die ebenfalls neu dazugekommen war. Irgendetwas daran kam ihm bekannt vor. Er legte die Kamera wieder hin und klappte stattdessen den Deckel der Schatulle auf. Ein kleines smaragdgrünes Herz aus Glas funkelte ihm entgegen. Für einen Moment war er wie versteinert. Dann begann sein Herz wie wild zu schlagen.

»Alex, kommst du mal?«, rief Laura in diesem Moment aus der Küche und riss ihn aus den Erinnerungen, die ihn gerade überfallen hatten. »Ich will dir unsere neue Kollegin vorstellen.« Ihre Schritte kamen näher, während sie sprach.

Alex drehte sich um. Hinter Laura trat eine junge Frau aus der Küche, die ein Tablett mit einem Marmorkuchen trug. Daher stammte also der köstliche Duft. Sie war komplett schwarz angezogen. Sein Blick wanderte von den schwarzen Turnschuhen über die Jeans und das T-Shirt, alles in derselben Farbe. Ihr Gesicht wurde von kurzen Haaren umrahmt. Er sah in ihre großen smaragdgrünen Augen mit den dichten Wimpern und spürte, wie seine Beine weich wurden.

»Hallo, ich bin Em...«, setzte die neue Kollegin an. Mit einem lauten »Oh ...« fiel ihr das Tablett aus der Hand, als sie ihn erblickte, und ging scheppernd zu Boden. Der frisch gebackene Kuchen zerbrach und ein Teil landete zerbröselt auf dem Boden, während drei größere Stücke auf dem Tablett liegen blieben.

* * *

Laura bemerkte sofort, dass hier etwas nicht stimmte. Die beiden verhielten sich wirklich sonderbar. Ob Emily eine alte Liebschaft von Alex war, die kein gutes Ende gefunden hatte? Gehabt hatte er ja genug.

»Wie ich sehe, kennt ihr euch?«, fragte Laura vorsichtig.

Emily bückte sich und begann, die Kuchenstücke vom Boden aufzusammeln. Laura ging ebenfalls in die Hocke, um ihr zu helfen.

»Entschuldigung«, stammelte Emily.

»Nicht so schlimm!«, tröstete Laura sie. Sie blickte hoch zu Alex, der immer noch wie versteinert dastand.

Schließlich erklärte er: »Es ist nicht, wie du denkst, Laura.« Ganz offensichtlich hatte er ihre Gedanken erraten. »Wir sind einfach alte Bekannte.« Er ging auf die neue Kollegin zu und reichte ihr demonstrativ die Hand. Emily stand auf, wischte sich die Hände an der Jeans ab und reichte ihm die rechte. Er hielt ihre Hand fest, sah sie an und die beiden wirkten für einen kurzen Augenblick wie entrückt, als würden sie in alte Erinnerungen eintauchen.

Laura entschied sich, sie in die Gegenwart zurückzuholen: »War wohl eine spannende Zeit, die ihr gemeinsam hattet. Aber jetzt brauchen wir einen neuen Kuchen.«

Emily zuckte zusammen und stotterte: »Klar. D-Das tut mir w-wirklich leid. I-Ich kann einen schnellen Schokoku-chen oder Scones machen.«

»Was du willst, aber es muss in zwanzig Minuten fertig sein.«

»Tut mir leid«, stammelte Emily noch einmal und ver-schwand in der Küche.

Alex sah ihr hinterher. Laura musterte ihn und fragte: »Na, bin ich noch die Traumfrau im Hause oder nicht?«

Er zuckte zusammen, dann grinste er sie an und schien wieder ganz der Alte zu sein: »*You are the one and only.* Ich war nur etwas überrascht, sie hier zu sehen.«

Wer's glaubt, dachte Laura, aber sie erwiderte nichts darauf.

Zu Alex' Glück kam in diesem Moment der *Professor* ins Café. Er atmete erleichtert aus, denn damit war Laura erst einmal abgelenkt. Der Mann kam schon seit einiger Zeit mehrmals pro Woche ins Café Sehnsucht. Er war Ende vierzig und bestellte immer dasselbe, einen Espresso und Wasser. Er hatte immer ein Heft dabei, in dem er sich No-tizen machte, worüber, war sein Geheimnis. Der Espresso war stets schnell getrunken, danach starrte er kurz aus dem Fenster, schrieb anschließend weiter in sein Heft und nach einer Stunde ging er normalerweise wieder, ohne noch ein-mal etwas bestellt zu haben. Jedes Mal bediente ihn die Chefin höchstpersönlich. Nur wenn sie nicht da war, durfte Alex den Gast abkassieren.

Der Kerl sah aus wie eine Mischung aus George Clooney und einem Harvard-Professor. Laura und er rätselten regelmäßig, was er wohl in Wirklichkeit von Beruf war. Aber solange sie es nicht besser wussten, nannten sie ihn den *Professor*. Auch dieses Mal setzte sich Laura sogleich in Bewegung, als sie ihn sah. Alex ging zurück zu den Blumenvasen. Dabei fiel sein Blick auf die Schatulle. Er sah sich um, und da niemand ihn beobachtete, steckte er sie rasch in seine Hosentasche.

Kapitel 3

Emily öffnete die Tür zu ihrer kleinen Wohnung. Diese wirkte eher wie ein Zimmer in einer Jugendherberge als ein Zuhause. Sie legte ihren Rucksack auf den Stuhl und setzte sich auf die kleine, abgewetzte Couch im Wohnzimmer. Es hingen keine Bilder an den Wänden, kein Teppich lag auf dem Boden. Ihre Einrichtung beschränkte sich auf das Lebensnotwendige. Der einzige Raum, der belebt wirkte, war die Küche. Das Schlafzimmer war winzig, hier gab es nur ein kleines Bett und einen schmalen Schrank. Vor der alten Couch im Wohnzimmer stand eine leere Weinkiste, die als Couchtisch diente.

Emily zog ihre Schuhe aus und legte sich auf den Zweisitzer, ein Ektrop-Modell von Ikea. Gedankenverloren starrte sie an die Decke und musste unwillkürlich lachen. Dass sie von allen Menschen, die sie nicht mehr treffen wollte, gerade Alex begegnen würde, damit hatte sie nicht gerechnet. Die Gefühle, die sie in den letzten Jahren mühsam unterdrückt hatte, brachen wieder auf. Wie sollte sie ihm nur bei der Arbeit begegnen? Sie konnte doch nicht ihren neuen Job nach nur einem Tag wieder hinschmeißen! Zum ersten Mal in ihrem Leben würde sie dafür bezahlt werden, dass sie backte. Sie hatte sich gefühlt wie im Märchen, als Laura sie gefragt hatte, ob sie bei ihr im Café anfangen wollte. Und jetzt? Nun musste sie versuchen, trotz der überraschenden Begegnung mit Alex normal weiterzumachen.

Emily schaute auf die Uhr. Um kurz nach drei musste sie wieder los, sie musste sich also beeilen, wenn sie noch etwas essen wollte. Sie richtete Gurken, Tomaten, Oliven, Eier und Bohnen auf ihrer Arbeitsplatte in der Küche und machte sich einen Nizza-Salat. Langsam, fast meditativ schnitt sie die Gurke, jede Scheibe exakt so dick wie die andere. Alles verlief synchron, das Blanchieren der grünen Bohnen, das Kochen der Eier. Sie richtete den Salatteller so liebevoll an, als ob er gleich in einem Restaurant serviert werden würde. Dann setzte sie sich an den kleinen Esstisch in der Küche und aß voller Genuss. Sie nahm sich noch einen Apfel, sah wieder auf die Uhr, zog ihre Schuhe an und verließ kurz darauf das Wohnhaus am Rande der Heidelberger Altstadt. Über die Alte Brücke lief sie über den Neckar, vorbei an Touristen, die sich vor der malerischen Kulisse mit dem Schloss im Hintergrund mit langen Selfiesticks fotografierten. Auf der anderen Uferseite war es nicht mehr weit bis zu dem Seniorenheim. Sie begrüßte den Pförtner, zog sich um und ging schnurstracks in ein Zimmer. Eine alte Frau lag dort, wie so oft, wenn sie kam, in einem Dämmerzustand. Emily setzte sich an ihr Bett und streichelte ihre Hand. Die alte Frau wurde wach, und als sie die junge Frau erblickte, strahlte sie.

»Mein Engelchen.«

»Geht es dir gut?«, fragte Emily.

»Es geht, es geht.«

»Sollen wir anfangen?«

Die alte Frau nickte. Emily holte einen Waschlappen und begann, die Arme der alten Dame ganz sanft zu reinigen.

»Früher waren sie mal schön und nicht so faltig.«

Emily lächelte und erwiderte: »Wahre Schönheit kommt nicht von außen, das weißt du doch.«

Die alte Frau mit den unzähligen Falten im Gesicht sah sie mit ihren klaren Augen an. »Weißt du, ich freue mich den ganzen Tag darauf, dass du kommst.«

»Das tu ich gern.«

»Erzähl mal, was macht die Liebe?«

»Heidi!«, rügte Emily sie. »Du weißt genau, dass ich dafür keine Zeit habe.«

»Willst du etwa allein alt und grau werden? So ein liebes Mädchen wie du sollte einen netten jungen Mann haben und eine Familie gründen.«

Sie drehte die alte Dame sanft auf die Seite. »Das ist nicht mein Ding.«

»Möchtest du etwa zu einer Mutter Teresa werden?«, fragte die Frau und lächelte verschmitzt.

»Ich sollte mir wohl eine andere alte Dame suchen, die nicht so viele Fragen stellt ...«, konterte Emily ironisch.

Die alte Frau lachte. »Dann halte ich lieber meinen Mund.«

Emily war erschöpft, dennoch war sie behutsam und langsam beim Waschen.

»Das ist besser als in einem Schönheitssalon«, seufzte Heidi und bat: »Erzähl, wie war dein erster Tag?«

»Er war okay, das Café ist beliebt und die Chefin jung und nett.«

»Nur okay? Mochte sie deinen Kuchen nicht?«

Emily zuckte mit den Schultern. »Der ist mir runtergefallen.«

»Nein! Wie denn das?«

»Ach, ich hab einen alten Bekannten getroffen, von früher. Von dort, wo ich aufgewachsen bin.«

»Wegen einer Begegnung mit einem Bekannten fällt dir der Kuchen zu Boden?«

Emily sah zur Seite.

Die alte Dame bemerkte ihre Verlegenheit und bat: »Erzähl mal, was hattest du gebacken?«

»Die Chefin liebt Marmorkuchen mit einer dicken Schicht Schokoglasur, also habe ich das gemacht.«

»Das klingt gut.«

»Anschließend musste ich improvisieren, weil ich keine Zeit mehr hatte, einen neuen Kuchen zu backen. Ich hab eine Mascarponecreme gemacht, die Kuchenstücke, die nicht auf dem Boden gelandet waren, zerbröselt, mit der Creme vermischt und noch einmal zusammengesetzt. Am Ende war es so eine Art Granatsplitter mit Schokoglasur.«

»Das klingt lecker. Kannst du mir das nächste Mal eine Portion mitbringen?«

»Natürlich. Morgen mache ich eine Obsttorte und einen Schokoladenkuchen.«

»Dir werden alle zu Füßen liegen.«

»Solange es die Gäste sind und nicht der Kuchen«, witzelte Emily und grinste. »Wie geht es dir eigentlich?«, fragte sie, um das Thema zu wechseln.

»Wenn du kommst, geht die Sonne auf. Ich habe mir immer Kinder und Enkelkinder gewünscht und hatte seit

Jahren jegliche Hoffnung aufgegeben, doch dann schickte mir der liebe Herrgott dich.« Heidi streichelte mit ihrer alten, dünnen Hand über Emilys Arm. »Ich wünschte nur, du könntest deinen Frieden finden.«

Emily sah sie an und spürte, dass sich Tränen in ihren Augen sammelten.

»Das wird passieren, ich weiß es«, tröstete Heidi sie.

Nachdem Emily die alte Dame gewaschen, eingecremt und umgezogen hatte, wollte sie sich verabschieden.

»Bleib doch noch ein bisschen«, bat Heidi.

»Gleich gibt's Abendessen, da möchte ich nicht stören«, antwortete Emily.

»Wenn es dich nicht stört, dass ich dir etwas vorkaue und nichts von meinen Delikatessen abgebe, könnten wir uns noch ein bisschen unterhalten«, schlug die alte Dame vor.

Emily sah auf die Uhr und nickte. Sie plauderten noch ein wenig, danach griff sie nach einem Buch und las Heidi etwas vor.

Es war schon dunkel, als sie das Seniorenheim verließ. Emily ging gern zu Fuß, egal zu welcher Tageszeit. Nur beim Laufen fühlte sie sich frei. Dennoch konnte sie die Gedanken in ihrem Kopf nicht abstellen. Ihr erster Arbeitstag und die Begegnung mit Alex – warum traf sie in Heidelberg ausgerechnet ihn? Sie kannte hier außer Heidi niemanden. Sie wohnte seit drei Monaten in der Stadt und war bisher keinem bekannten Gesicht über den Weg gelaufen. Und dann das! Was war das? Ein Zeichen von oben, dass es Zeit war, sich endlich der Vergangenheit zu stellen?

Kapitel 4

Laura schloss gerade die Tür des Cafés auf, als Emily neben ihr auftauchte. »Na, haben wir hier eine Frühaufsteherin?«

»Ich schlafe nicht gern«, erklärte Emily.

»Schön für dich, ich könnte immer mindestens neun Stunden im Bett bleiben.«

Emily schmunzelte. Heute trug sie ein graues T-Shirt und eine dunkelblaue Jeans. Im Café band sie ein Kopftuch um ihre kurzen Haare und ging in die Küche.

»Mit dem Tuch siehst du aus wie eine Schauspielerin aus den Fünfzigerjahren«, meinte Laura, die ihr in die Küche folgte. »Soll ich dir einen Kaffee machen?«

Emily nickte.

»Oder lieber Tee?«

»Ich trinke beides sehr gern.«

Laura grinste. »Das gefällt mir, dann entscheide ich für dich.«

Emily schrieb als Erstes eine Liste mit den Zutaten, die sie für die Kuchen benötigen würde. Kurz darauf kam Laura mit einem wunderbar duftenden Cappuccino zurück in die Küche. »So, hier kommt die Stärkung.«

»Dankeschön.«

»Und dazu mein selbst gemachtes Müsli. Gestern Abend angerührt.«

»Bircher Müsli. Lecker!«

»Meine Mitarbeiter sollen viel Energie haben und gesund bleiben. Hast du die Einkaufsliste geschrieben?«

Emily nickte und reichte ihr den Zettel. »Ich mache mich inzwischen an die Brioche. Der Teig ist im Kühlschrank.«

»Mmmh, ich freue mich schon darauf«, antwortete Laura. »Ich bin in einer Stunde zurück. Alex ist heute wieder da, ich hoffe, das ist okay für dich.«

Emily lächelte und log: »Na klar, es ist gut, ein bekanntes Gesicht in einer neuen Stadt zu sehen.«

»Ich hatte ehrlich gesagt eher den Eindruck, dass ihr erschrocken seid, als ihr euch gesehen habt«, gab Laura zurück und musterte sie abwartend.

»Ach Quatsch«, winkte Emily ab.

Laura folgte der jungen Frau mit den Augen, während sie zum Kühlschrank lief. Sie nahm ihr ihre Gelassenheit nicht ganz ab und war neugierig, ob Alex ihr später mehr erzählen würde. Ob die beiden mal was miteinander gehabt hatten? Wie sie Alex kannte, war das vermutlich nicht gut ausgegangen. Doch Laura konnte sich gut vorstellen, dass Emily in ihrem Retro-Filmstar-Look, der so natürlich wirkte, bereits einigen Männern den Kopf verdreht hatte, vielleicht, ohne es selbst zu merken. Beim Einstellungsgespräch hatte Laura nur wenig über Emilys Privatleben erfahren. Aber ihre neue Konditorin hatte immerhin angedeutet, dass sie sich mehr für ihre Arbeit interessierte, als für Männer, und an einer Beziehung momentan gar kein Interesse hatte.

Einen interessanten Fang hab ich da gemacht, dachte Laura. Etwas Geheimnisvolles umgab die junge Frau. Außerdem war Emily eine unglaublich begabte Konditorin.

Laura hatte immer noch den Geschmack des improvisierten Kuchens vom Vortag im Mund, der sie an die sonnige Adriaküste hatte denken lassen. *Mmmmh ...* Doch nun fiel ihr Blick auf den Einkaufszettel in ihrer Hand. Sie musste sich beeilen, sonst würde es heute keinen Kuchen mehr geben.

* * *

Nachdem Laura die Küche verlassen hatte, machte Emily sich an die Arbeit. Sie schaltete den Ofen ein und holte die große Schüssel mit dem gelben Brioche-Teig aus dem Kühlschrank. Er war über Nacht wunderbar aufgegangen. Sie setzte ihre Kopfhörer auf und spielte die Back-Playlist von ihrem alten iPod ab. Summend holte sie die Masse aus der Schüssel, legte sie auf die Arbeitsplatte und teilte kleine Teigstücke ab, um daraus Kugeln zu formen. Sie legte diese auf ein Backblech, formte kleinere Kugeln und legte diese mittig auf die größeren. Sie war ganz vertieft in das Formen der Kugeln und wirkte wie eine Töpferin, die gerade dabei war, eine wunderbare Vase zu kreieren. Als das Blech voll war, legte sie ein Küchentuch darüber und begann mit den Vorbereitungen für den Kuchenteig.

Währenddessen stand Alex vor der Küchentür und überlegte, wie er Emily begrüßen sollte. Konnte er einfach so tun, als seien sie ganz normale Kollegen? Er fuhr sich noch einmal kurz durch die Haare und öffnete die Tür zur Küche. Emily schien ihn nicht zu bemerken. Sie wirkte hoch konzentriert, glücklich und zufrieden.

Gebannt sah Alex ihr dabei zu, wie sie fast intuitiv die Zutaten in der Schüssel zusammenfügte, als ob sie einer Symphonie folgen würde. Die Eier zerschellten am Rand des Behälters gerade in dem Moment, als die Pauken einsetzten. Alex hatte das Gefühl, die Musik hören zu können. Während der Zucker dazurieselte, spielte die Geige. Noch nie hatte er Lust verspürt, selbst etwas zu backen, bis zu diesem Moment. Nun schaltete Emily die Küchenmaschine ein, sah von ihrer Arbeit auf und erblickte ihn.

»Hi«, grüßte sie.

Er fühlte sich schuldig, fast wie ein Eindringling. »Hi. Ich wollte dich nicht stören«, erklärte er, als sie die Kopfhörer abnahm.

»Ist schon okay, ich bin meist so vertieft in die Arbeit.«

»Das hab ich bemerkt«, stammelte er. Und dann rutschte ihm heraus: »Es ist beeindruckend, dir zuzuschauen!«

Sie lachte. »Weil ich einen Kuchenteig zubereiten kann?«, fragte sie.

»Es wirkt, als ob du einem Takt folgen würdest.«

»Das ist auch so«, sagte sie schmunzelnd und deutete auf den iPod. »Meist höre ich Musik beim Backen, egal ob Radio oder von der Playlist.«

»Cool.«

»Es ist nichts Außergewöhnliches.« Sie deutete auf die Schüssel, in der die Küchenmaschine, eine nagelneue weiße KitchenAid, gerade rührte und erklärte: »Das ist übrigens ein erneuter Versuch für Lauras Marmorkuchen.«

Alex grinste und sie grinste zurück.

»Und die Brötchen dort drüben?«, fragte er und zeigte auf das Blech.

»Brioche.«

»Die passen bestimmt perfekt zum Kaffee.«

Sie antwortete nicht und widmete sich stattdessen weiter ihrer Arbeit. Alex stand etwas verloren da. Als sie wieder aufsah, meinte er: »Schön, dich zu sehen.«

Sie wollte offensichtlich etwas erwidern, doch sie lächelte nur kurz, drehte sich um und kümmerte sich wieder um den Teig für den Marmorkuchen.

***

»Läuft alles?«, fragte Laura zur Begrüßung, als sie zurückkam.

Alex nickte und fragte: »Sag mal, wie hast du denn Emi kennengelernt?«

»Emi?«, fragte Laura amüsiert. »Nun ja, eher zufällig. Ich hab meine Oma im Seniorenheim besucht und dort gab es diesen fantastischen Kuchen. Emily pflegt dort eine alte Frau und backt immer wieder für das Heim. Ich hab sie einfach mal angesprochen, ob sie nicht ein paar Stunden bei mir arbeiten möchte. Sie hatte wohl sowieso Lust, sich beruflich neu zu orientieren.«

Alex sah sie nachdenklich an und meinte: »Irgendwie passt es zu ihr, sie war damals schon sehr kreativ ... aber Kuchen? Das hätte ich nicht gedacht.«

»Backen ist gerade sehr beliebt, du musst mal bei Instagram die Bilder anschauen. Da entstehen wahre Kunstwerke.«

»Instagram, ach wie gruselig, ich kenne nur diese Selfies mit unglaublich viel Weichzeichner.«

»Du meinst, in etwa so?« Sie stellte sich hin, stemmte die Hände in die Hüften und machte einen Schmollmund.

»Nee, du musst mit einem Arm das Handy halten.«

»Okay, noch einmal.« Sie posierte erneut. Genau in diesem Moment öffnete sich die Tür des Cafés und der *Professor* kam herein. Er trug eine Fototasche, nickte ihnen kurz zu und setzte sich an den kleinen Zweiertisch am Fenster.

Alex bemerkte eine leichte Röte in Lauras Gesicht. »Was ist denn mit dir los?«, fragte er provozierend. Sie sah zu dem Gast am Fenster.

Alex lächelte verschmitzt und meinte: »Der Professor ... kann es sein, dass er immer häufiger kommt?«

»Ich gehe mal rüber und nehme seine Bestellung auf«, erklärte Laura statt einer Antwort.

Als sie zurückkam, zwinkerte Alex ihr zu. Sie gab ihm einen leichten Schlag in die Seite. »Soll ich den Espresso für den Prof machen?«, fragte er ironisch.

»Nein, ich mache wohl den besseren«, erwiderte sie gespielt hochmütig.

Kurz darauf brachte Laura dem Gast das Gewünschte. Er starrte gerade gedankenversunken auf sein Smartphone.

»Hier kommt der Kaffee, wir haben auch frische Brioche«, sagte sie freundlich. Er sah sie irritiert an. »Sie müssen die Brioche natürlich nicht nehmen«, fügte Laura unsicher hinzu.

Nun schien er wieder in der Gegenwart anzukommen.

Er blinzelte kurz und sagte: »Äh, ich nehme alles, was Sie vorschlagen.« Dabei lächelte er.

»Sie werden es nicht bereuen«, beteuerte Laura, die jetzt ebenfalls lächelte.

»Hat er dir einen Heiratsantrag gemacht?«, neckte Alex sie, als sie zurück zur Theke kam.

»Hör auf, Alex, ich habe ihm eine Brioche angeboten.«

»Oh, Liebe geht durch den Magen.«

»Sei still und hol mir die Brioche aus der Küche.«

Als Alex in die Küche kam, aß Emily gerade eine Banane.

»Ich soll die Kugeln holen«, sagte er unbeholfen. Sie lächelte und deutete mit dem Kopf zu einem hübschen, geflochtenen Korb, in dem die süßen Teilchen lagen.

»Die riechen echt lecker«, lobte er.

»Süßkartoffelbrioche.«

»Jetzt fehlt nur die Granita, dann hätten wir ein richtiges sizilianisches Frühstück«, meinte er.

»Oh. Du hast gerade meine Gedanken gelesen«, antwortete Emily. »Was denkst du, was ich gerade zubereite?«

»Echt jetzt?«

Das erste Mal seit ihrer Begegnung am Vortag lachte sie richtig und ihre weißen Zähne blitzten. Sie hatte das schönste Lächeln der Welt. Immer noch.

* * *

Als beide um 14 Uhr Feierabend machten, fragte Alex kurzentschlossen: »Hast du Lust auf einen Spaziergang?«

Emily überlegte einen Moment, bevor sie antwortete. »Eigentlich muss ich zu meinem anderen Job.«

»Was machst du denn noch?«

»Ich bin Altenpflegerin.«

»Im Ernst?«

»Na ja, genau genommen ist es kein Job mehr. Der Schichtdienst im Heim war mir zu viel, deshalb habe ich im letzten Jahr ein paar Leute privat betreut. Doch damit habe ich aufgehört, weil ich jetzt vormittags für Laura backe. Ich kümmere mich nur noch nachmittags um eine alte Dame, die ich früher zu Hause betreut habe und die vorübergehend im Seniorenheim wohnt. Ich leiste ihr ein bisschen Gesellschaft, helfe mit den Pflegeaufgaben und entlaste das Heimpersonal.«

Unvermittelt stellte er eine Frage, die ihn brennend interessierte: »Hast du einen Freund?«

»Nein, und was ist mit dir? Gibt es jemanden in deinem Leben?«

»Eigentlich nicht.«

»Eigentlich?«

»Hab gerade jemanden kennengelernt.« Er wollte ihr nicht sagen, dass er seit gestern mehr an sie als an die neue Flamme gedacht hatte.

»Beziehungen sind nicht mein Fachgebiet«, erwiderte Emily knapp.

Alex spürte, dass die Vergangenheit immer noch ihren Schatten über sie warf. Sie liefen über die Alte Brücke auf die andere Neckarseite und schlenderten durch die Straßen von Neuenheim.

»Wie geht es deiner Familie?«, fragte er.

Sie zuckte mit den Schultern und antwortete nicht. Er hätte sich für diese Frage ohrfeigen können, schließlich wusste er, dass das Thema Familie ihr wunder Punkt war. Zum Glück schien sie es ihm nicht übelzunehmen und fragte stattdessen: »Und wie geht es deinen Eltern und Schwestern?«

»Gut, sie leben immer noch in dem kleinen Kaff. Meine Schwestern haben beide geheiratet und ich bin vierfacher Onkel.«

Sie lächelte. »Das freut mich. Und was machst du in Heidelberg?«

»Ich studiere Kommunikationsdesign. Eigentlich in Mannheim. Aber ich habe eine nette Studenten-WG hier in Heidelberg gefunden.«

»Das klingt gut.«

»Das Studium macht Spaß und nebenbei arbeite ich bei Laura und bekomme den besten Kaffee umsonst.«

»Sie ist wirklich sehr nett.«

Sie gingen eine Weile schweigend nebeneinander her. »Ich muss hier lang«, erklärte Emily irgendwann und zeigte nach rechts.

»Okay, bis die Tage«, antwortete er betont cool.

»Ciao.«

Alex sah ihr nach, während sie weiterging. Unwillkürlich rief er: »Emi ...« Sie drehte sich um. »... hast du eigentlich ...«, setzte er an. Doch es fiel ihm schwer, den Satz zu beenden. Obwohl er es nicht ausgesprochen hatte, schien sie genau zu wissen, was er fragen wollte. *Hast du eigent-*

lich jemals wieder etwas von deinem Bruder gehört?

Sie schüttelte den Kopf und er merkte, dass sie mit den Tränen kämpfte. Alex nickte und wusste im gleichen Moment, dass diese Wunde immer noch weit offen klaffte. Er sah ihr traurig nach, während sie schnell die Straße hinunterlief, und ging langsam weiter. Es wimmelte nur so von Menschen, das schöne Wetter trieb alle nach draußen, wie kleine Insekten. Doch Alex erfasste eine große Traurigkeit. Erinnerungen an früher blitzten vor seinem inneren Auge auf. Plötzlich hörte er seinen Namen. War das Emilys Stimme? Er wollte sich gerade umdrehen, als plötzlich Marie und Lisa vor ihm standen. Er starrte sie so entgeistert an, dass Marie ihn fragte, ob er krank sei. Eigentlich wäre er am liebsten an ihnen vorbeigelaufen, doch er tat es nicht. Stattdessen drehte er sich um und blickte in die Richtung, aus der er die Stimme gehört hatte. Emily war nirgendwo zu sehen. War es überhaupt ihre Stimme gewesen oder hatte er halluziniert?

»Hallo, Marie, Lisa, entschuldigt bitte, ich war in Gedanken.«

Noch einmal sah er sich um. Konnte sie so schnell verschwunden sein? Vielleicht in einer Nebenstraße? Es war ihre Stimme gewesen, bestimmt.

»Alex?«, fragte Marie irritiert.

Zerstreut sah er sie und ihre Freundin an und ihm fiel ein, dass er sie hatte anrufen wollen. Bis vor wenigen Tagen war sie noch seine Traumfrau gewesen. Als sie ihm ihre Nummer gegeben hatte, hatte er sich wie ein König gefühlt. Und jetzt? Jetzt empfand er es fast als lästig, ihr zu begegnen. Marie war groß, schlank und blond. Eine selbstbewusste und trotzdem nette junge Frau. Sie war die Art Frau, die man besser nicht warten ließ. Zu groß war ihre Auswahl an jungen Herren, die alle hofften, eine Chance bei ihr zu haben.

»Was macht deine Arbeit?«, fragte Marie.

Er zuckte mit den Schultern. »Bin noch dran. Ich mache einen Kurzfilm.«

»Bei mir wird es wahrscheinlich eine Fotoreportage«, erklärte Lisa.

»Du scheinst ganz schön beschäftigt zu sein?«, meinte Marie.

»Ich musste viel arbeiten die letzten Tage.«

Die Mädels nickten.

»Sag mal, suchst du jemanden?«, fragte Lisa.

»Äh, nein, ich dachte, ich hätte einen alten Freund gesehen«, redete er sich heraus.

Marie sah ihn an und sagte mit einem leichten Vorwurf in der Stimme: »Ich dachte, du wolltest dich melden.«

»Das wollte ich«, antwortete er und fragte sich, warum sie ihn plötzlich nicht mehr interessierte. »Hatte nur viel zu tun. Sorry. Ich muss leider weiter«, fügte er rasch hinzu und ließ die beiden verdutzten Frauen stehen.

* * *

Alex sah sich suchend um. Er war überrascht, wie wenige Frauen heutzutage kurze Haare trugen. Bisher war ihm das nie aufgefallen. Als er gerade aufgeben wollte, sah er sie auf einem leeren Spielplatz. Sie saß auf einer Bank und aß einen Apfel. Er setzte sich neben sie.

»Ich dachte, ich hätte dich vorhin meinen Namen rufen hören.«

Sie sah ihn nicht an, biss noch mal in ihren Apfel und erwiderte: »Hast du auch.«

»Ich wusste es. – Mensch, war ich damals verknallt in dich. Schon am ersten Tag«, murmelte er und sah sie an. Er spürte gleichzeitig Wehmut, Schmerz und Freude, als seine Gedanken in seine Schulzeit zurückwanderten.

Kapitel 5

Es war ein typischer Septembertag. Die heißen Sommertage lagen hinter ihnen und dennoch wollte niemand die ersten Anzeichen des Herbstes wahrhaben. Die großen Ferien waren wieder einmal viel zu schnell vorbei gewesen. Alex war gerade vor wenigen Tagen mit seinen Eltern aus Rom zurückgekehrt. Robbie, der ein Jahr älter und größer war als alle anderen, saß auf dem Tisch. »Alex, na, zurück aus Italien? Bist ja gar nicht braun geworden!«

In der Tat war Alex zwar nicht mehr so hell wie sonst, aber eben auch nicht so braun gebrannt wie Robbie, der anscheinend von morgens bis abends nur in der Sonne gelegen hatte. »Wie soll ich auf einer Studienreise mit lauter geschichtsversessenen Geschwistern und Eltern braun werden?«, fragte er.

Robbie nickte mitleidig. »Arme Sau. Bei uns war es cool. Ägypten, all inclusive. Es war so geil. Apropos geil ... wie waren die Italienerinnen denn so?«

»Der Hammer«, antwortete Alex.

»Ich bin Jet-Ski gefahren. Geil, Mann.« Geil war definitiv Robbies Lieblingswort. Es gab bei ihm fast keinen Satz, der nicht so endete. Gerade kamen Simon und Gregor dazu und berichteten von tollen Strandurlauben und hübschen Mädchen, mit denen sie angeblich stundenlang im Pool geschwommen waren. Alex hörte ihnen nur mit halbem Ohr zu und sah sich um. Er wusste, dass zwei seiner Klassenkameradinnen in ihn verknallt waren, auch wenn ihm selbst nicht klar war, warum. Weil er keine Pickel hatte und nicht ständig »Geil« sagte? Sarah aus der Parallelklasse hatte ihm gesagt, er würde wie Leonardo DiCaprio aussehen. Darüber musste er schmunzeln, aber es stärkte sein Selbstbewusstsein. Doch ihm gefielen eher Frauen wie Natalie Portman oder Milla Jovovich. Seine Klassenkameradinnen waren ihm zu kindisch oder zu sehr auf Mode fixiert, sie waren eben ganz normale Mädchen.

Der Gong, der den Unterrichtsbeginn signalisierte, ertönte, und nach und nach setzten sich alle Schüler. Sie warteten gespannt, wer wohl dieses Jahr ihr Klassenlehrer oder ihre Klassenlehrerin sein würde. Alex freute sich, als Frau Schmidt hereinkam. Sie war Ende vierzig, zierlich und hatte kurze blonde Locken. Eine seiner Schwestern hatte sie bereits als Klassenlehrerin gehabt, daher wusste er, dass Frau Schmidt voll in Ordnung war.

Als sie ihnen freundlich einen guten Morgen wünschte, grüßten die Schülerinnen und Schüler teils gelangweilt, teils neugierig zurück: »Guten Mooorgen!«

Plötzlich huschten Alex' Augen zur Tür und blieben wie gebannt dort hängen, als *sie* über die Türschwelle schritt. Auch die anderen Jungen starrten das Mädchen mit den langen braunen Haaren und den grünen Augen bewundernd an. Alex dachte sofort an Milla Jovovich und konnte sich nicht erinnern, jemals ein so hübsches Mädchen aus der Nähe gesehen zu haben. In dem Jeans-Minirock, dem weißen T-Shirt und den roten Chucks sah sie einfach umwerfend aus.

»Das ist Emily, eure neue Mitschülerin«, erklärte die Lehrerin. »Emily, bitte setz dich da hin.«

Sie zeigte auf den Platz neben Alex. Er hatte ihn eigentlich für Jonas freigehalten, der heute noch krankgemeldet war. Der Arme hatte sich ausgerechnet in den Ferien eine Gehirnerschütterung zugezogen.

Was für ein Glückstag! Am liebsten wäre Alex Frau Schmidt aus Dankbarkeit vor die Füße gefallen. Er ließ sich jedoch nichts anmerken und versuchte stattdessen, gleichgültig zu wirken. Genau wie sie. Emily lächelte nicht, sie wirkte aber auch nicht arrogant. Eher ernst und an ihrer Umwelt desinteressiert.

»Hallo«, sagte sie, als sie sich neben ihn setzte, ohne ihn wirklich anzuschauen.

Alex' Puls schlug so schnell, dass er Angst hatte, sie würde es hören und über ihn lachen. Doch das geschah nicht, stattdessen erklärte Frau Schmidt ihnen den neuen Stundenplan. Sie machte einen Sitzplan und schickte sie zum Bücherzimmer, um ihre Schulbücher abzuholen. Alex hoffte die ganze Zeit, dass Emily ihn ansprechen würde, aber sie ging einfach schweigend mit der Meute mit. In der Hofpause standen die Schüler in Grüppchen zusammen, erzählten von ihren Urlauben, motzten über den blöden Stundenplan und tratschten über den Lehrer, der sie in Geschichte unterrichten würde. Emily blieb noch einen Moment sitzen und sortierte etwas in ihrer Schultasche. Alex dachte gar nicht daran, aufzustehen und zu seinen Freunden zu gehen.

Er fasste sich ein Herz und sagte: »Wenn ich dir irgendwie helfen kann ...«

Sie nickte und das erste Mal lächelte sie. Dabei bildeten sich kleine Grübchen in ihren Wangen. Sie hatte wunderschöne weiße Zähne mit einer kleinen Lücke zwischen den Schneidezähnen. Alex hätte sie am liebsten sofort geküsst.

Doch sie stand auf, sagte »Ciao« und verließ das Klassenzimmer.

Alex sah ihr nach und konnte es kaum erwarten, dass die nächste Stunde begann.

* * *

Beim Abendessen hatte Alex keinen Appetit auf die Lasagne, obwohl es eines seiner Lieblingsessen war. »Bist du krank?«, fragte seine Mutter besorgt.

Seine Schwester Annika, die schon studierte, aber noch zu Hause wohnte, schien zu begreifen, was dahintersteckte. »Hat dich das Liebesfieber erwischt?«, flüsterte sie, damit es außer ihnen und Kater Krümel keiner mitbekam. »Ich habe mich immer so benommen, wenn ich verliebt war.«

Er seufzte.

Nach dem Essen nahm sie ihn zur Seite und sagte: »Komm, rück raus damit, ich kann dir vielleicht wertvolle Tipps geben.«

Wieder ein Seufzer. »Da ist dieses neue Mädchen. Sie ist so hübsch und nett – einfach umwerfend.«

»Und?«

»Was *und*?«

»Was willst du machen?«, fragte seine Schwester.

Er zuckte mit den Schultern. »Bestimmt steht sie nur auf ältere Jungs.«

»Quatsch, du musst dir nur etwas Originelles einfallen lassen, etwas, das ältere Jungs machen würden.«

Er dachte nach.

»Sei mutig, das ist der Vorteil, den man als Junge hat. Einfach mutig sein und das Mädchen ansprechen.«

»Und wenn sie mich abserviert?« Das würde er kaum ertragen.

»Das wird sie nicht machen.« Seine Schwester lächelte.

»Woher weißt du das?«

»Ich bin eine Frau.«

Kapitel 6

»Wie? Du hast dich von deiner Schwester beraten lassen?«

»Klar, alle waren in dich verliebt. Ich musste dich irgendwie auf mich aufmerksam machen.«

Sie sah ihn an und lachte. »So ein Quatsch.«

»Im Ernst, du warst so anders als die anderen. Als ob jemand aus der Bundesliga plötzlich beim Dorfverein mitspielte.«

Emily grinste. »Was für ein Vergleich.«

»Du wusstest doch, dass du das hübscheste Mädchen in der Schule warst.«

Wieder lachte sie. Es gefiel Alex, sie so zu sehen. Die Grübchen waren immer noch da, nur die Zahnlücke war etwas kleiner geworden. Und immer noch war sie auch ungeschminkt wunderschön.

»Natürlich nicht«, widersprach sie.

»Wirklich nicht?«

»Ganz bestimmt nicht. Ich war voller Komplexe wegen meiner Mutter.«

»Wir haben eher gedacht, deine Mutter sei jung, locker und cool. Ich habe mir gewünscht, so eine Mom zu haben.«

»Locker war sie tatsächlich. Wie sonst sollte sie vier Kinder von vier Männern bekommen?«

»Davon wusste doch keiner was.«

»Ich hab es geheim gehalten, es war mir so peinlich.«

Sie wurde ernst. »Weißt du, dass sie manchmal tagelang nicht zu Hause war? Da musste ich ihre Rolle übernehmen. Ich hab eingekauft, oft war nicht einmal Geld dafür da, dann hab ich nach Geschäftsschluss bei den Supermärkten in den Tonnen nach verwertbaren Lebensmitteln gesucht. Heute finden das ja manche cool, Lebensmittel retten und so, aber damals ... Ich hab mich um die Kleinen gekümmert und sie machte mit ihrem neuen Freund Kurzurlaub.«

»Und dein Vater?«

Sie wehrte mit der Hand ab. »Der interessierte sich doch nicht für mich. Er lebt irgendwo in Spanien.«

»Konnte euch denn keiner helfen, das Jugendamt vielleicht?«

»Vor denen hatten wir große Angst. Meine Mutter hat uns gesagt, wenn wir etwas von zu Hause erzählen würden, würden die kommen und uns holen.«

»Und die Nachbarn? Ist denn niemandem aufgefallen, dass sie euch vernachlässigte?«

»Ich weiß nicht. Sie hat uns ja nicht so richtig vernachlässigt. Sie war meist gut gelaunt, hat mit uns Quatsch gemacht. Sie war einfach selbst kindisch und als alleinstehende Frau mit vier Kindern völlig überfordert. Na ja, bis zu dem Tag ...«

Alex widersprach ihr: »Na hör mal, sie hat euch nicht versorgt, das ist Vernachlässigung.«

»Ja, hast wahrscheinlich recht. Aber am meisten hat mich genervt, dass sie ständig neue Freunde hatte. Deshalb war ich im Grunde froh, dass sie meistens bei den Männern war und nicht die Kerle bei uns.«

»Hast du deshalb manchmal in der Schule gefehlt? Weil du dich um alles kümmern musstest?«

Emily nickte. Es entstand eine lange Pause. Alex wurde bewusst, wie wenig er von ihr wusste. Damals war er nur mit seiner Liebe zu ihr beschäftigt gewesen.

»Habt ihr noch Kontakt?«, fragte er schließlich.

Emily schüttelte den Kopf. »Am Anfang hat sie mich gehasst. Ich glaube, sie war froh, dass ich weg war. Nach einer Weile hat sie mir Briefe geschrieben, aber da wollte ich sie nicht mehr sehen. Es war zu schmerzhaft für mich.«

Sie blickte traurig ins Leere. Alex konnte nicht anders, er legte vorsichtig seinen Arm um sie, obwohl er damit rechnete, dass sie ihn abweisen würde. Aber das tat sie nicht. Stattdessen lehnte sie ihren Kopf an seine Schulter. Alex fühlte sich zurückversetzt in eine vergangene Zeit. Die vermeintlich längst vergessenen Gefühle wurden wieder wach, als ob sie nur irgendwo gut versteckt wie Dornröschen einen jahrelangen Schlaf gehalten hätten. Alex nahm ihren Geruch wahr. Ihre Haare rochen nicht mehr nach Kokos. Ihr Duft war der einer Frau und er gefiel ihm. Emily war zurück in seinem Leben, so plötzlich, wie sie damals daraus verschwunden war. Beide schlossen für einen Moment ihre Augen.

»Wohin bist du damals verschwunden?«, fragte Alex.

»Ich bin in eine Mädchen-WG gezogen, habe eine Therapie gemacht. Dabei habe ich die Liebe zum Backen entdeckt und herausgefunden, dass ich nicht allein schuld an allem war.«

»Warum hast du nicht die Konfrontation mit deiner Mutter gesucht?«

Sie sah zu ihm herüber. »Ich war in der Pubertät und einfach nur wütend und verletzt. Meine Mutter gab mir an allem die Schuld, obwohl ich ihre Rolle in der Familie übernommen hatte. Nachdem mir das klar geworden war, wollte ich sie einfach nicht sehen. Ich wollte niemanden sehen, der mich an Jason erinnerte. Es war so einfacher für mich. Vielleicht hatte ich auch Angst, sie würde mir noch mehr vorwerfen oder berichten, dass Jason nicht mehr lebt.«

»Und deine Geschwister?«

»Zu denen habe ich Kontakt, doch ich will nichts über meine Mutter wissen. Nachdem Jason verschwunden war, hat sich eine Sozialarbeiterin um meine Mutter und meine Geschwister gekümmert. Sie hat arrangiert, dass meine Geschwister nach der Schule bis zum späten Nachmittag im Hort sind, und meine Mutter gewarnt, dass sie das Sorgerecht verliert, wenn sie sich nicht um die beiden kümmert. Das hat wohl ganz gut geklappt. Vermutlich konnte sie zwei Kinder einfach besser meistern als vier.«

Der letzte Satz klang ironisch nach. Alex konnte sehen, dass die Wunden wieder aufklaffen, wie Risse in der Erde, wenn es zu lange nicht geregnet hatte. Was für ein Leben sie doch verbarg! Auf den ersten Blick sah man nur eine etwas traurig dreinschauende Frau. Wenn ein Fremder sie in der Küche gesehen hätte, würde er vermutlich denken, dass sie völlig behütet aufgewachsen wäre und bei ihrer Oma die Liebe zum Backen entdeckt hätte.

»Ich habe nie herausgefunden, wohin du gegangen bist.«

Mit seinen Worten stiegen die negativen Gefühle von damals wieder in ihm auf, Gefühle von Wut und Frust darüber, dass sie einfach wortlos verschwunden war. Sie war seine erste Liebe gewesen und es hatte ihm das Herz gebrochen, als der Platz neben ihm in der Schule plötzlich leer gewesen war. Er hatte in den ersten Wochen nach ihrem Verschwinden gedacht, dass er sich nie wieder würde verlieben können. Stattdessen hatte er seither zahlreiche kurze Beziehungen gehabt. Doch nie wieder hatten sich dieselben Gefühle wie bei Emily eingestellt.

Wenn er an damals dachte, an ihr letztes Treffen auf dem Spielplatz, meldeten sich auch die Schuldgefühle wieder. Ihm wurde klar, warum er das alles so lange verdrängt hatte.

Sie sah ihn an. »Es ging nicht anders.«

»Ich war ganz schön vor den Kopf gestoßen, als du einfach gegangen bist«, sagte er.

Sie wirkte mit einem Mal nachdenklich, als hätte sie das Ganze bisher nie aus seinem Blickwinkel betrachtet.

»Du hattest doch bestimmt viele Freundinnen nach mir.« Sie sah ihn herausfordernd an, bereit, ihn zu necken.

»Nach dir hatte ich erst mal lange keine. Sabrina aus der Parallelklasse hat mich getröstet.«

»Getröstet?«

Jetzt klang das irgendwie kindisch, dachte er. Warum hatte er das gesagt? Wollte er sie verletzen? Die ganze Situation war so unwirklich. »Mein Herz war gebrochen, nachdem du weggegangen warst. Ich hab abgenommen, konnte kaum schlafen, bin fast sitzengeblieben.«

»Das tut mir leid«, sagte sie.

Er streichelte ihren Arm. »Ich weiß, dass die ganze Situation für dich viel schlimmer war.«

»Es war, als ob ich in einem Albtraum leben würde.«

Der Spielplatz hatte sich inzwischen gefüllt und die Stille zwischen ihnen verschwand hinter dem Kindergeschrei und dem Geplauder der Mütter und vereinzelter Väter.

»Und jetzt?«

»Ich habe gelernt, irgendwie zu leben.«

Er sah sie an. Äußerlich wirkte sie jung und schön, doch ab und zu hatte er den Eindruck, sich mit einer alten Frau zu unterhalten. Es schmerzte ihn, dass sie anscheinend immer noch in diesem Albtraum lebte.

»Wenn ich dir irgendwie helfen kann ...«, sagte er unbeholfen.

Sie lachte kurz auf: »Das hast du damals an unserem ersten Schultag auch zu mir gesagt.«

»Du kannst dich daran erinnern?« Alex hatte sich oft gefragt, ob sie sich genauso schnell in ihn verliebt hatte, wie er sich in sie.

»Klar. Ich war total verknallt ihn dich.«

»Echt?«

»Ach komm, das weißt du doch.«

Nein, das hatte er nicht gewusst. Aber ihre Worte machten ihn stolz.

»Unsere ersten Dates waren für mich perfekt. Ich war der glücklichste Junge auf der Welt«, sagte er leise.

Sie sah ihn nicht an, aber sie lächelte. »Mir ging es genauso.«

»Stell dir vor, wenn alles normal verlaufen wäre …«

»Entweder wären wir jetzt verheiratet oder wir wären nach dem dritten Date auseinander gewesen.«

»Wir wären verheiratet«, antwortete er mit fester Stimme.

»Du warst immer schon ein Romantiker.«

Etwas verlegen beobachteten beide die spielenden Kinder.

Schließlich meinte Alex: »Und jetzt haben wir uns wiedergetroffen und sitzen hier.« Er fragte sich, ob ihnen eine zweite Chance gewährt wurde.

»Wo wohnst du eigentlich?«, fragte er.

»Ich hab eine kleine Wohnung im Neuenheimer Feld.«

Er pfiff bewundernd.

»Es ist eine winzige Wohnung im Dachgeschoss einer niedlichen Stadtvilla. Die Besitzerin ist die Dame, die ich jeden Tag im Seniorenheim besuche. Und dafür, dass ich auch einen Blick auf das Haus und den Garten werfe, muss ich keine Miete zahlen.«

»Und wer wohnt unten?«

»Niemand, im Moment. Die alte Dame hofft immer noch, wieder zurückzukommen, wenn es ihr besser geht. Sie ist wegen einer gesundheitlichen Komplikation im Heim. Ich wünsche es ihr wirklich, sie ist eine tolle Frau.«

»Ich drück ihr die Daumen«, meinte Alex. »Wollen wir ein Stück spazieren gehen?« Ein bisschen Bewegung würde ihm guttun.

Emily sah auf ihre Uhr. »Eigentlich muss ich bald heim.«

»Ich könnte dich nach Hause begleiten«, schlug er vor.

»In Ordnung.«

Sie standen auf und gingen langsam nebeneinander her. Als er die vielen verliebten Paare sah, die bei dem schönen Wetter draußen waren, überkam Alex das große Verlangen, Emilys Hand zu nehmen und sie zu küssen. Die Umarmung hatte ihn mutig gemacht, deshalb suchte er etwas unsicher nach ihrer Hand und fand sie. Emily zuckte jedoch so erschrocken zusammen, dass er sie sofort wieder losließ und so tat, als ob nichts passiert wäre.

»Hast du eigentlich eine Ausbildung zur Konditorin gemacht?«, fragte er, um von der Vergangenheit und von seiner eigenen Verlegenheit abzulenken.

»Nein, nur ein paar Kurse. Vieles habe ich durch Ausprobieren gelernt.«

»Vielleicht solltest du deine eigene Konditorei eröffnen.«

Sie schüttelte den Kopf. »Das wäre mir zu stressig, ich denke, das würde meine Liebe zum Backen zerstören. Es entspannt mich, Kuchen oder Brot zu backen, das hat für mich etwas Meditatives. Ich möchte nicht wie am Fließband produzieren müssen. Außerdem bin ich keine Geschäftsfrau. Bei Laura ist es schön, mir reicht das. – So, hier wohne ich.«

Sie blieben vor einem freistehenden Einfamilienhaus stehen. *Das muss ein Vermögen wert sein*, dachte Alex. Laut sagte er: »Nicht schlecht!« Dabei meinte er nicht so sehr das Haus selbst, das wohl schon bessere Tage gesehen hatte, sondern das Grundstück.

»Ich bin nur Mieterin im Dachgeschoss, doch ich darf den Garten mitbenutzen. Ich pflege ihn sogar.«

»Wann machst du das alles?«, fragte er.

»Ich habe viel Zeit«, antwortete sie. Sie öffnete das niedrige Tor und verabschiedete sich.

Alex vermisste sie schon in dem Moment, in dem sich die Haustür hinter ihr schloss. Obwohl sie alles tat, um nicht aufzufallen, fand er sie faszinierend. Sie übte immer noch dieselbe Anziehungskraft auf ihn aus wie damals, als sie zum ersten Mal neben ihm gesessen hatte.

Unschlüssig schlenderte Alex die Straße entlang. Dann holte er sein Handy heraus und rief Laura an.

»Hast du schon Sehnsucht nach mir?«, fragte sie. Sie schien beschäftigt zu sein, er hörte Geschirr klappern.

»Hast du Lust auf einen Spaziergang und danach ein Bierchen?«, fragte Alex.

»Klar, die Ablösung kommt gleich. In einer halben Stunde an der Bergbahn?«

Alex grinste. Er und Laura waren schon ein paar Mal den steilen Weg von der Altstadt zum Schloss hochgerannt. Es war ein Spiel zwischen ihnen, der Schnellere musste dem anderen ein Bier oder ein Eis spendieren.

Eine halbe Stunde später trafen sie sich an der Talstation der Bergbahn.

»Du bist ja immer noch in Jeans?«, rief Laura erstaunt. Sie kam oft in Sportkleidung ins Café und zog sich erst dort ihre *Uniform* an, wie sie es im Spaß nannte. Auch jetzt trug sie eine bequeme Sporthose.

»Ich hatte keine Zeit, mich umzuziehen«, erwiderte er.

Laura sah ihn fragend an, doch als er nichts weiter erklärte, rief sie: »Ich gewinne. – Drei, zwei, eins und los!«

Ehe er sich versah, lief sie davon und er spurtete hinterher. Alex war klar, dass er heute keine Chance gegen sie hatte, aber er wollte sowieso nur ein Bier mit ihr trinken und seinen Kummer loswerden. Als er oben ankam, wartete eine glückliche Laura auf ihn und rief: »Du zahlst!«

Er nickte, stemmte die Arme auf die Oberschenkel, beugte sich nach vorn und schnappte nach Luft. Nachdem sie sich kurz erholt hatten, liefen sie im Schritttempo hinunter in die Stadt und steuerten eine kleine Kneipe in der Hauptstraße an. Die Straßen waren belebt, es war schwierig, einen Platz im Außenbereich zu ergattern. Doch sie hatten Glück, gerade als sie ankamen, wurde ein Tisch frei.

»Dann schieß mal los«, sagte Laura und lehnte sich in ihrem Stuhl zurück.

»Wie meinst du das?«

»Du möchtest mir etwas erzählen, warum würdest du sonst in Jeans den Berg hochlaufen und mich gewinnen lassen?«

Er lächelte. »Also, ich wollte dir erzählen, woher ich Emily kenne.«

Sie nickte. »So etwas in der Art dachte ich mir fast.«

Als das Bier kam, stießen sie an und Laura bemerkte, dass Alex nervös wurde.

»Sie war meine erste Liebe«, gestand er schließlich.

Laura nahm einen Schluck Bier. »Deshalb ist ihr vor Schreck der Kuchen runtergefallen, als sie dich gesehen hat?«

»Wir waren sehr verliebt. Aber wir haben uns seit über zehn Jahren nicht mehr gesehen. Und jetzt treffe ich sie so unverhofft und plötzlich sind all die Gefühle von damals wieder da!«

»Was an sich ja nichts Schlimmes ist. Vielleicht solltet ihr es einfach noch einmal miteinander versuchen?«

»So einfach ist das alles nicht.«

»Warum?«

»Weil damals etwas vorgefallen ist.«

Kapitel 7

Ihr Herz schlug so schnell, dass sie fürchtete, gleich in Ohnmacht zu fallen. Sie hatte sich hübsch gemacht, Mutters Mascara und Lipgloss aufgetragen und schon am Vorabend überlegt, was sie anziehen sollte. Die Entscheidung war auf einen kurzen Minirock und ein rosafarbenes T-Shirt gefallen. Ihre langen braunen Haare hatte sie nach dem Waschen auf Wickler gedreht. Schon lange war sie in ihn verliebt. Nur in ihren Träumen hatte sie sich bisher vorgestellt, dass der coolste Junge ihrer Klasse sie mochte, doch seit einiger Zeit wusste sie, dass er nur Augen für sie hatte. Sie waren ein Paar und heute wollte er etwas ganz Besonderes mit ihr machen.

»Mir ist langweilig!«, rief ihr kleiner Bruder. Er war vier Jahre alt und beobachtete den Spielplatz argwöhnisch. »Der ist nicht schön, der Spielplatz ist für große Kinder.«

»Du bist doch schon ein großer Junge. Außerdem habe ich dir Sandspielzeug mitgebracht.«

»Hier gibt es aber gar keinen Sand.«

Leider hatte der Kleine recht. Mit seinen dunklen Augen inspizierte er den Spielplatz, auf dem es außer einer Art Schiff aus Holz und zwei anderen fischartigen Holzwesen und Holzspänen nicht viel gab. Offenbar sollten die Kinder ihre Fantasie spielen lassen.

»Hör mal, gleich kommt ein guter Freund vorbei. Mit ihm möchte ich ein bisschen reden und du bleibst hier und spielst. Okay?«

»Kaufst du mir ein Eis?« Er grinste spitzbübisch.

Sie fuhr ihm durch die dunklen Locken. »Später. Aber nur eine Kugel.«

»Mama kauft mir immer zwei.«

Sie verdrehte die Augen. Beim Gedanken an ihre Mutter hatte sie einfach nur Wut im Bauch. Obwohl sie ihr gesagt hatte, dass sie verabredet war, war sie weggegangen und hatte ihr einfach einen Zettel hinterlassen, dass sie den Kleinen abholen sollte.

Emily sah auf die Uhr. Es war Punkt vier. Würde er überhaupt kommen? Sie dachte an die Party zurück. Allein der Gedanke an ihren Kuss ließ ihr Herz galoppieren. Sie setzte sich auf die Bank und versuchte, entspannt und cool zu wirken. Sie sah immer wieder nach dem kleinen Lockenkopf, der endlich eine Beschäftigung gefunden hatte und als Pirat das Holzschiff unsicher machte. Eine Mutter mit einem Kind kam dazu und das Kind setzte sich sofort auf eine der Holzfiguren. Wenigstens wirkte der Spielplatz nun nicht mehr ganz so verlassen. Als sie nach links blickte, sah sie ihn. Er trug Jeans und ein Hemd und lief cool und gelassen auf sie zu. Sein blondes Haar wirkte durch seinen dunklen Teint noch heller. Plötzlich wichen Aufregung und aufgesetzte Ernsthaftigkeit der Freude. Als er vor ihr stand, lächelte er sie an.

»Hi.«

»Du siehst so schön aus«, sagte er und sie errötete. Sie blickte zu Boden. Er gab ihr einen kurzen Kuss und setzte sich neben sie auf die Bank. Einen Moment lang sagten sie nichts und sahen sich auch nicht an. »Ich habe etwas für dich«, brach er schließlich das verlegene Schweigen. Alex holte aus seiner Hosentasche eine kleine braune Schatulle und hielt sie ihr hin. Sie sah ihn überrascht an. »Das ist für dich.«

Schüchtern streckte sie ihre Hand nach dem Geschenk aus und sah ihn wieder an. Er wirkte nun ebenfalls nervös, nicht mehr so cool und abgebrüht, wie sie ihn bisher wahrgenommen hatte. Er strich sich durch die Haare, während Emily die kleine viereckige Verpackung öffnete. Darin lag eine Kette mit einem smaragdgrünen Herzen als Anhänger. Verblüfft und voller Freude blickte sie ihm in die Augen.

»Sie ist wunderschön.«

»Puh, ich hab gehofft, dass sie dir gefällt.«

»Natürlich gefällt sie mir!«

Er nahm die Kette aus dem Kästchen, legte sie ihr sanft um den Hals und verschloss sie in ihrem Nacken. Im gleichen Moment fiel Emily ihr Bruder wieder ein. Wo war er? Sie erblickte ihn am Ausgang des Spielplatzes. Wahrscheinlich hatte er dort etwas Interessantes entdeckt und war hingelaufen. Sie seufzte. Das war der denkbar ungünstigste Augenblick, den sich der kleine Ausreißer hatte aussuchen können. »Warte bitte mal kurz«, sagte sie deshalb leicht genervt zu Alex und stand auf. Als sie bei ihrem Bruder ankam, stand der bereits auf dem Fußweg vor dem Spielplatz und sprach eine Frau mit Hund an.

»Du, beißt der?«, fragte er und griff nach der Leine.

»Jason, du sollst nicht einfach Leute ansprechen, das weißt du doch. Und auch nicht einfach etwas anfassen!«

Die Frau mit dem Hund reagierte gelassen, sagte aber nichts. Eine weitere Passantin, eine Frau mit Kopftuch, sagte auf Englisch: »Er ist doch ein Kind. Man muss die Kinder Kinder sein lassen.« Sie sah weg, als wäre es ihr peinlich, dass sie etwas gesagt hatte.

Emily antwortete ihr nicht, sondern wandte sich an ihren kleinen Bruder: »Komm bitte mit, Jason!«

Sie nahm ihn an der Hand und brachte ihn zurück zu dem Schiff auf dem Spielplatz.

»Du bleibst jetzt hier, okay?« Er nickte. Sie ging zurück zum coolsten Jungen der Klasse, der mittlerweile von der Bank aufgestanden war und lässig an einer alten Linde lehnte. Er hatte die Hände in den Taschen vergraben und sah sie fragend an.

»Das ist mein kleiner Bruder. Ich muss auf ihn aufpassen.«

»Ach so.«

Die andere Mutter mit dem Kind ging bereits wieder und Jason blieb allein auf dem Holzschiff zurück. Emily wandte sich zu Alex um. Sobald sie ihn ansah, schien nichts anderes mehr wichtig zu sein.

»Ich mag dich schon lange«, sagte er.

Sie lächelte. »Ich dich auch.«

Sie lachten, erleichtert darüber, sich das eingestanden zu haben. Er nahm ihre Hand und Emily dachte, sie würde gleich ohnmächtig werden. Doch das Glück hatte noch eine Steigerung bereit. Er sah ihr lange in die Augen und küsste sie dann ganz vorsichtig und zärtlich. Sie bekam eine Gänsehaut. Sie kicherten und küssten sich wieder und wieder. Doch plötzlich stutzte er und sah an ihr vorbei.

»Du, dein Bruder ist schon wieder verschwunden.«

Emily drehte sich um. »Oh, Mann. Jason! Jason?«

Sie blickte sich um. Auf dem Holzschiff war er nicht mehr. Auch sonst konnte sie ihn nirgendwo auf dem Gelände entdecken. Sie lief zum Ausgang des Spielplatzes. Hatte er wieder einen Hund entdeckt? Doch ihr Bruder war nirgendwo zu sehen und es waren keine Passanten mehr in der Nähe. Die Straße war menschenleer.

In diesem Moment hörte sie ein Motorengeräusch, ein Fahrzeug startete. Irgendwo bellte ein Hund.

»Ist er nicht hier?«

Es war Alex, der nun hinter ihr stand und sich ebenfalls umsah.

»Hast du nicht gesehen, wie er weggegangen ist?« Sie schrie fast.

Er schüttelte den Kopf. Wieder nahm sie das Motorengeräusch wahr. Sie blickte in die Richtung, aus der es kam, und sah am Ende der Straße einen weißen verbeulten VW-Bus, der gerade anfuhr und sofort um die Ecke bog. Beide rannten instinktiv los, doch der Bus hinterließ nur eine kleine Staubwolke auf dem heißen Asphalt.

Kapitel 8

»Diese Geschichte hast du nie erzählt.« Laura saß ihm gegenüber und hatte Tränen in den Augen.

Er zuckte nur mit den Achseln.

»Wie schrecklich«, sagte sie erschüttert. »Und ihr Bruder ist nie wieder aufgetaucht?«

»Nein. Zuerst hatten sie noch die Hoffnung, dass er einfach nur weggelaufen sein könnte. Doch er wurde nie gefunden. Ich fühle mich heute noch mitschuldig. Kein Wunder eigentlich, denn Emily hat mir damals sogar Vorwürfe gemacht, weil ich das Nummernschild des VW-Busses nicht erkannt hatte.«

»Du bist doch nicht schuld. Wie alt wart ihr da? Dreizehn?«

»Emily war dreizehn, ich war vierzehn.«

»Ihr wart Kinder. Die Mutter hätte auf ihr Kind aufpassen müssen, sie ist verantwortlich!«

Alex nickte. In seinem Kopf war ihm das bewusst.

»Habt ihr die Polizei gerufen?«

»Klar, die Maschinerie ist sofort angelaufen. Die Suche dauerte Wochen und Monate. Doch es fand sich keine Spur von dem Kleinen.«

»Und der Vater?«

»Emilys Mutter wusste wohl selbst nicht, wer der Vater war.«

»Oh Mann.«

»Emis Mutter hat natürlich uns die Schuld gegeben.«

»Hast du dich mit Emily ausgesprochen?«

»Nein. Ich war ja selbst total durcheinander. Ich wusste einfach nicht, wie ich mit ihr sprechen sollte. Außerdem habe ich sie damals nur noch einmal gesehen, als wir nach dem Verschwinden ihres Bruders von der Polizei befragt wurden. Sie kam danach nicht mehr in die Schule. Ich dachte zunächst, dass sie sich einfach ein paar Tage freigenommen hätte. Doch irgendwann hieß es, dass Emily gar nicht mehr in die Klasse zurückkommen würde. Sie ist einfach abgehauen. Hat den Kontakt zu uns allen abgebrochen. Bis jetzt.«

»Mir ist ganz schlecht«, sagte Laura. »Was für eine schreckliche Last für sie.«

Alex nickte. »Ja, da hast du recht.«

Nachdem sie eine Weile geschwiegen hatten, fragte sie: »Was ist eigentlich mit dem anderen Mädchen, das du kennengelernt hast? Marie heißt sie, oder? Von ihr hast du gar nichts mehr erzählt.«

»Ach, irgendwie habe ich gerade keinen Kopf für sie.«

»Weil du Emily wiedergetroffen hast?«

»Ich verstehe das selbst nicht. Ich war so durch den Wind, als sie damals einfach verschwunden war ... mein ganzer Frust und meine Schuldgefühle wegen der Sache auf dem Spielplatz hatten sich in Wut auf sie verwandelt, weil sie einfach abgehauen ist ...«

»... und dich hat sitzen lassen. Und jetzt löst sie wieder Gefühle in dir aus ...«

»Ich verstehe das gar nicht. Ich dachte, diese Geschichte hätte ich lange hinter mir gelassen ...«

Laura antwortete: »Puh, das ist wirklich eine schwierige Situation. Als Kneipenpsychologin würde ich sagen, dass ihr die Vergangenheit verarbeiten müsst.«

Sie nippten beide nachdenklich an ihren Getränken und schwiegen. Um sie herum löschte eine Truppe trinkwütiger junger Amerikaner ihren Durst mit großen Mengen an Bier, was den Geräuschpegel um einige Dezibel ansteigen ließ. Laura sagte etwas, doch Alex verstand sie nicht. Sie redete lauter, um dem Gelächter der jungen Biertrinker etwas entgegenzusetzen: »Die Frage ist, ob es hilft, die Wunde noch einmal aufzureißen.«

Alex' Antwort ging in dem Lärm unter.

»Wie bitte?«

»Ich sagte, ich glaube, ich habe mich wieder in sie verliebt!«

Laura sah ihn mitleidig an.

»Und diesmal will ich nicht tatenlos zusehen, wie das Glück mir entgleitet!« Alex bekräftigte seine Aussage, indem er den Bierkrug so resolut auf den Tisch knallte, dass dieser erzitterte.

* * *

Emi zuckte zusammen, als er ihren Namen rief. Sie war gerade dabei, die Haustür aufzuschließen. »Was machst du hier?«, fragte sie.

Seine Entschlossenheit und der Mut, noch gestärkt

durch zwei Bier, lösten sich plötzlich in Luft auf. Dieser abendliche Besuch war nicht romantisch, ihm wurde klar, dass er sich vielmehr wie ein Stalker benahm. Alex atmete tief ein und versuchte, entschlossen zu klingen. »Ich wollte mit dir sprechen. Wir haben uns eine Ewigkeit nicht gesehen und schließlich standen wir uns mal sehr nahe!«

Zwei müde Augen sahen ihn an und ihm wurde bewusst, dass er eigentlich nur an sich gedacht hatte.

»Es ist spät und ich bin sehr müde«, bestätigte Emily seine Gedanken.

Die Ringe unter ihren Augen zeugten von einem langen und anstrengenden Tag. Alex verstand, dass sie nicht auf lange Gespräche aus war. Doch er erinnerte sich an das, was er Laura gesagt hatte. Er wollte sie nicht wieder entgleiten lassen. »Können wir uns morgen treffen?«, fragte er hoffnungsvoll.

Sie sah ihn verwundert an: »Sehen wir uns nicht im Café?«

Alex schüttelte den Kopf: »Ich hab das Wochenende frei.«

Emily lächelte. »Okay, ruf mich einfach an.«

»Ich hab deine Nummer nicht.«

Sie rieb sich die Stirn, sagte: »Entschuldige«, und diktierte ihm die Nummer.

»Ich will dich nicht weiter belästigen, du müde Kriegerin«, verabschiedete er sich. »Bis morgen.«

Sie lächelte wieder, es war ein müdes Lächeln und trotzdem zauberhaft, dann schloss sie die Haustür hinter sich. Alex machte sich Vorwürfe. War er zu aufdringlich?

Was bin ich für ein Hornochse, sie so zu drängen, statt dem Mädel Zeit zu geben!, dachte er. Er trat den Nachhauseweg über die dunkle, menschenleere Straße an, als er seinen Namen hörte.

»Alex!« Er drehte sich um. Emily stand am Dachfenster und rief: »Magst du einen Tee?«

»Du musst doch schlafen!«

»Ja, aber einen Tee kannst du noch mit mir trinken.«

Seine Stimmung wechselte sofort in Euphorie, das Schuldbewusstsein machte unerwarteter Freude Platz. *Okay, Junge, reiß dich am Riemen. Es ist nur eine Tasse Tee.* Er wiederholte den Gedanken wie ein Gebet, um seine Freude zu drosseln.

Nun konnte er das Haus aus der Nähe betrachten. Es war sicherlich schon vor dem Krieg erbaut und wohl lange nicht mehr renoviert worden. Die Farbe der Holzfenster blätterte ab, die Eingangstür ließ sich nur schwer schließen. Im Hausflur roch es etwas modrig, das Treppenhaus war schlicht, aber schön. Ein paar vergilbte Postkarten und Kalenderbilder von schönen Wiesen und Rosen sorgten für Farbkleckse. Eine alte Holztreppe mit weißem Geländer führte bis unters Dach. Die Treppenstufen knarzten bei jedem Schritt. Er fragte sich, wann hier wohl das letzte Mal etwas erneuert worden war. Er war immer davon ausgegangen, dass Hausbesitzer wohlhabend sein mussten. Doch hier war nicht viel von Reichtum zu spüren. Vielleicht war die Besitzerin auch einfach zu alt?

Emily wartete an der Tür zu ihrer Wohnung. Als er ihr Reich betrat, war er nicht minder überrascht. Normalerweise waren Zimmer und Wohnungen von jungen Frauen schön dekoriert, mit Blumen, Kerzen und anderem Schnickschnack, doch bei Emily sah es eher wie in einer Kaserne aus. Bett, Tisch, Stühle, eine Couch. Nur die Küche war wohnlich. Sie war modern und auf der Arbeitsplatte thronte eine Küchenmaschine. Emily setzte ganz klar Prioritäten, und die lagen nicht im Dekorieren ihrer Wohnung, sondern eher im Backen und Kochen.

»Du hast es dir noch nicht sehr gemütlich eingerichtet«, stellte er fest.

Sie lächelte anstelle einer Antwort. »Wir können mit dem Tee aufs Dach«, erklärte sie.

»Aufs Dach? Nach dem Alter des Hauses zu urteilen, könnte das ein lebensgefährliches Unterfangen werden.«

»So schlimm ist es nicht.« Sie öffnete das Fenster.

»Sollen wir rausspringen?«

Emily konnte sich ein Lachen nicht verkneifen. Sie stieg aus dem Fenster und Alex folgte ihr. Vor dem Fenster befand sich ein kleiner Vorsprung, vielleicht zwei mal drei Meter breit, gesichert durch ein verschnörkeltes, altes Messinggeländer. Auf dem Boden lagen ein paar Kissen.

»Wow, der Blick von hier ist wunderschön!«, sagte Alex bewundernd.

Emily ging noch einmal zurück in die Wohnung, holte den Tee und zwei Tassen und reichte ihm alles durch das Fenster. Dann saßen sie nebeneinander und betrachteten den Himmel. Die Grundstücke der Nachbarn waren gut zu sehen.

»Weißt du noch, damals bei der Party?«, fragte er.

»Als du mich zum Tanzen aufgefordert hast?« Sie hielt ihre Tasse fest, zog ihre Beine an und umklammerte sie mit ihren Armen. Es wirkte, als ob ihr kalt wäre, dabei trug sie über ihren Leggings einen langen, dicken Pullover. »Klar, so etwas vergisst man nicht«, sagte sie.

»Ich hätte mir nicht träumen lassen, dass wir an diesem Abend als Paar nach Hause gehen würden.«

Sie sah ihn nicht an, als sie antwortete: »Ich auch nicht.«

Ihre Blicke wanderten in den Himmel, der ihnen als imaginäre Leinwand diente. Beide tauchten in den Film der Vergangenheit ein, bis Alex das nachdenkliche Schweigen unterbrach und etwas aus seiner Hosentasche zog.

»Hast du das auf den Tisch im Café gelegt?«, fragte er. Sie betrachtete die kleine Schmuckschatulle und nickte. »Weißt du, dass ich damals mein ganzes Taschengeld dafür investiert habe?«

»Es tut mir leid, soll ich es dir ausbezahlen?« Ihr Blick war ernst.

»Quatsch. Ich wollte damit nur zum Ausdruck bringen, wie wichtig es mir war, dir damals etwas Schönes zu schenken.«

»Ich weiß, Alex, du warst der süßeste Freund, den man sich mit dreizehn vorstellen kann, und ich habe die Kette bis vor Kurzem aufbewahrt. Aber jedes Mal, wenn ich sie ansehe, erinnert sie mich an diesen verfluchten Tag und ich weiß, dass ich sie deshalb niemals tragen werde.«

Er nickte. »Das, was an diesem Tag passiert ist, hat

mich ebenfalls lange verfolgt und ich habe mich schuldig gefühlt.«

»Quatsch, du trägst doch keine Schuld!« Sie schüttelte traurig den Kopf.

Alex stellte die Tasse neben sich ab, drehte sich zu ihr um und sah ihr in die Augen: »Ich hab dich davon abgehalten, auf ihn aufzupassen.«

»Nein, es war ganz allein meine Schuld, ich war einfach egoistisch.«

Alex' Stimme wurde lauter: »Nein, war es nicht! Du warst doch selbst noch ein Kind.« Leiser fügte er hinzu: »Weißt du noch, wie die Polizei gefragt hat, ob euch vielleicht jemand beobachtet hat?«

Ihr Gesichtsausdruck wurde ernst, fast unbeweglich. »Ja. Die haben uns alle durchgecheckt. Mich, meine Mutter und ihren damaligen Freund, der sich kurz darauf von ihr getrennt hat. Doch es gab keine Anhaltspunkte. Das Ende vom Lied war, dass ich an allem schuld war, auch daran übrigens, dass meine Mutter von dem Kerl verlassen wurde.«

Ihr Verhalten irritierte ihn. Warum war sie so stur? »Deine Mutter hätte sich mehr um euch kümmern müssen.«

»Das bringt meinen Bruder nicht zurück.«

»Aber wenn es geplant war, dann würde dich das vielleicht ein bisschen entlasten. Das klingt vielleicht grausam, aber dann wäre es vermutlich sowieso passiert, nur in einem anderen Moment, weil deine Mutter euch zu sehr vernachlässigt hat. Verstehst du, was ich sagen will?«

61

Emily antwortete nicht.

»Zu welchem Schluss ist denn die Polizei gekommen?«, fragte Alex schließlich.

»Das ist doch egal. Mein Bruder wurde entführt und ist nie wieder aufgetaucht. Das sind die Fakten. Warum musst du das jetzt wieder hervorholen?«, fragte Emily fast ein bisschen aggressiv. Ruckartig stand sie auf.

Alex erhob sich ebenfalls. »Weil es mich seit Jahren beschäftigt. Und weil ich das Gefühl habe, dass einiges nicht zusammenpasst. Ich würde einfach gern mit dir darüber reden, das Ganze gedanklich noch einmal durchgehen, als Erwachsener.«

Sie lachte wütend auf. »Und zu welchem Entschluss meinst du zu kommen? Dass es meine Mutter war oder ihr Freund? Das hat die Polizei doch schon alles überprüft.«

»Was ist eigentlich mit Jasons Vater?«

Emily winkte ab. »Ach, sie hat keine Ahnung, wie er hieß oder wer es war. Irgendein One-Night-Stand bei einer Party. Und solche Partybekanntschaften hatte sie zu dieser Zeit mehrere.«

»Bist du dir sicher? Ich meine, hat sie ständig ungeschütz...« Er brach ab, weil Emily ihn wütend ansah.

»Ich will nicht über das Sexleben meiner Mutter sprechen, kapiert? Und selbst wenn sie sich an den Vater erinnern könnte, weiß der wahrscheinlich nicht einmal, dass es meinen Bruder gibt.«

Alex nickte und schwieg. Er wollte sie nicht noch mehr verärgern. Schließlich wagte er noch einen Versuch: »Kannst du dich noch an die Frau erinnern, die dich an dem Tag auf dem Spielplatz angesprochen hat? Die, die so orientalisch aussah?«

»Na und wenn schon?«, antwortete Emily aufgebracht.

»Dein Bruder sah doch auch irgendwie südländisch aus, oder?«

Nach einem kurzen, resignierten Schweigen antwortete sie: »Weißt du, wie oft ich das alles immer und immer wieder versucht habe, zu rekonstruieren?«

Sie hielt sich am Geländer fest und Alex bekam plötzlich ein schlechtes Gewissen.

»Entschuldige, ich bin zu weit gegangen. Ich habe kein Recht, dich so aufzuwühlen. Es ist nur so, dass es mich ja irgendwie ebenfalls betrifft.«

»Nein, Alex, es betrifft dich nicht.«

»Doch, Emi! Ich war dabei und dadurch betrifft es mich sehr wohl.«

Sie sah ihn kurz an, sagte aber nichts.

Er fuhr fort: »Ich will den Fall lösen, uns erlösen.«

»Meine Mutter war damals der Meinung, dass es eine Bande war und ...« Sie hörte auf zu sprechen.

Er legte seine Hand auf ihre und umklammerte mit ihr die Messingstange. Mit ruhiger Stimme antwortete er: »Deine Mutter hätte sich um den Kleinen kümmern müssen und nicht alle Schuld auf dich abwälzen.«

Emily wandte ihren Blick ab und starrte in den Nachthimmel. »Ja, das haben sie mir in der Therapie damals immer wieder gesagt und ich bin unglaublich wütend auf meine Mutter, aber ich war die große Schwester und ich war auf dem Spielplatz und hätte besser aufpassen müssen.«

»Du warst selbst ein Kind. Was hättest du machen sollen?«

»Ich hätte nicht von seiner Seite weichen sollen.«

»Wie soll das gehen auf einem Spielplatz? Man lässt die Kinder spielen.«

»Aber ich hab nur an mich gedacht – und an dich. Ich hätte besser auf ihn aufpassen müssen.«

»Ach Emi.«

Eine Weile schwiegen sie, doch schließlich wagte Alex vorsichtig einen neuen Versuch.

»Emi, hör mal, ich denke, etwas stimmt hier nicht. Wenn jemand ein Kind entführen möchte, um ...«, er brach ab und fing neu an. »Wenn jemand irgendein Kind entführen möchte, dann würde er doch keins nehmen, bei dem die große Schwester dabei ist und etwas mitbekommen könnte. Das würde er nur tun, wenn er genau dieses Kind haben wollte, weil es zum Beispiel reiche Eltern hat. Aber das trifft doch auf euch nicht zu, außerdem gab es keine Lösegeldforderung. Warum also wurde gerade dein Bruder entführt?«

Emily starrte gedankenverloren ins Leere. Leise sagte sie: »Ich hab gelesen, dass diese Banden es oft auf Kinder aus sozial schwächeren Familien abgesehen haben.« Nach einer Pause sagte sie: »Es vergeht kein Tag, an dem ich mich nicht frage, ob er am Leben ist und wie es ihm geht. Ich hoffe einfach, dass ihn vielleicht wirklich diese Frau mitgenommen hat, weil sie ein Kind wollte. Und dass sie ihn liebt und es ihm gut geht.« Emily weinte nicht. Sie sprach mit emotionsloser Stimme.

Alex nahm sie in den Arm. »Wir werden ihn finden.« Emily sah ihn an. Seine Augen glänzten, etwas in seinem Blick strahlte Entschlossenheit und Stärke aus, sodass sie nicht anders konnte, als zu nicken. Alex lächelte sie aufmunternd an: »Wir werden es schaffen! Wir könnten einen Detektiv engagieren, was meinst du?«

»Du meinst, jemanden wie Sherlock Holmes?«

»Nein, es gibt Privatdetektive, die Menschen ausfindig machen. Die arbeiten professionell, darüber habe ich kürzlich einen Bericht im Radio gehört.«

»Wo sollte der denn ansetzen? Und wie sollen wir das bezahlen?«

»Das werden wir schon hinkriegen. Laura hat so viele Kontakte, sie kann uns bestimmt helfen.«

»Aber damals konnte uns doch nicht einmal die Polizei helfen.«

Alex seufzte. »Woher sollen wir denn wissen, was die Polizei damals ermittelt hat? Irgendwann wurde der Fall einfach ungelöst zu den Akten gelegt. Du weißt doch nur, was deine Mutter dir gesagt hat.«

Wieder hatte Emily diesen verlorenen und traurigen Blick. »Das stimmt, ich weiß eigentlich nicht, was die Polizei damals wirklich gesagt hat. Ich kenne nur die Fakten, die meine Mutter an mich weitergegeben hat.«

»Warst du später mal bei der Polizei?«

Emily antwortete verärgert: »Natürlich bin ich Jahre später noch mal zur Polizei gegangen, aber da war der zuständige Beamte nicht da und später haben sie mir nur mitgeteilt, dass es nichts Neues in diesem Fall gebe.«

»Was meinst du, was haben sie vermutet?«

Sie funkelte ihn wütend an und fauchte: »Die Polizei hat mich damals ausgequetscht, so wie dich, und noch ein bisschen mehr. Warum sollten sie einer Dreizehnjährigen Informationen geben?«

»Emi, ich will dich nicht provozieren, ich stelle nur Fragen.«

»Es klingt aber so, als ob ich nicht alles versucht hätte. Was sollte ich denn tun? Jeden Monat bei der Polizei vorbeigehen? Ich musste irgendwann Abstand kriegen, sonst wäre ich wahnsinnig geworden«, sagte sie und setzte sich wieder. Sie umschlang ihre Beine mit ihren Armen.

»Das ist okay.« Er legte sehr vorsichtig und langsam seine Hand auf ihre. Es war fast wie damals, und trotzdem war alles anders. Sie hatten sich verändert.

Obwohl es Emily emotional aufwühlte, konnte er das Ganze nicht auf sich beruhen lassen. Er war sich sicher, dass er Licht ins Dunkel bringen konnte. Er musste das fehlende Puzzlestück finden. Vorsichtig sagte er: »Hör mal, ich sehe es aus einem neutralen Blickwinkel. Du bist emotional zu sehr involviert.«

»Alex, ich hab keine Kraft mehr dafür. Es hat sehr lange gedauert, bis ich ein bisschen Frieden finden konnte, und jetzt kommst du und willst Inspektor Barnaby spielen.«

Er umarmte sie. »Du musst dich um nichts kümmern, ich werde dich damit nicht behelligen, ich verspreche es.«

Emily nickte und bat ihn: »Lass uns heute nicht mehr davon sprechen.«

Alex erwiderte nichts. Eine Weile saßen sie schweigend

und nachdenklich nebeneinander. Ab und zu nippten sie an ihrem Tee. Die Wolken am Himmel wanderten weiter und immer wieder bildeten sich kleine Öffnungen, durch die sie die Sterne sehen konnten. Irgendwo in der Nähe gab jemand eine Party, Musik drang gedämpft zu ihnen nach oben.

Alex wusste noch nicht, wie er seine Ermittlungen angehen sollte. Und doch spürte er den Drang, dieses Kapitel wieder aufzuschlagen, um Emily ihren Frieden zu geben. Er konnte die Traurigkeit in ihren Augen nicht ertragen, sie mussten wieder strahlen.

* * *

Es war schon nach Mitternacht, als er sich von ihr verabschiedete. Sie beobachtete, wie ihn das nächtliche Dunkel der Straße verschlang. Emily wusste nicht so recht, was sie von der Begegnung mit Alex halten sollte. Warum versuchte er, alte Wunden wieder aufzureißen? Litt er unter der Sache denn wirklich so sehr, wie er behauptete? Vielleicht sollte sie froh sein, ihm wieder begegnet zu sein? Doch sie hatte das Gefühl, dass eine hohe, dicke Mauer zwischen ihnen stand. Außerdem musste sie vorsichtig sein und durfte sich nicht in Alex verlieben.

Nie wieder würde sie sich verlieben, das hatte sie sich geschworen.

Kapitel 9

Alex konnte nicht schlafen, er war zu aufgewühlt. Den Rest der Nacht verbrachte er vor seinem Computer und recherchierte im Internet. Er suchte nach Artikeln über den Fall. Tatsächlich fand er ein paar Berichte auf den Archivseiten der regionalen Medien. Allerdings erfuhr er nicht wirklich etwas, das er nicht schon wusste. Die Artikel zeigten meist ein Foto des Jungen und nannten die Nummer der Hotline, unter der sich die Polizei Hinweise aus der Bevölkerung erhoffte.

Als er das Bild von Emilys kleinem Bruder sah, kamen die Erinnerungen an diesen unglückseligen Tag vor über zehn Jahren wieder hoch. Ein kleiner, südländisch aussehender Junge blickte ihn aus großen braunen Knopfaugen an. Seiner Schwester sah er nicht ähnlich. Alex' Magen zog sich schmerzhaft zusammen, als er sich daran erinnerte, wie der kurze Moment absoluter Glückseligkeit mit seiner ersten Liebe von einem Augenblick auf den anderen von Gefühlen der Angst und der Verzweiflung abgelöst worden war. Er konnte in diesem Moment nur erahnen, wie es Emily all die Jahre über ergangen war. Unwillkürlich musste er weinen. Doch als er erneut das Foto ansah, war er noch entschlossener als vorher.

»Kleiner Mann, ich werde dich finden, egal wo du bist.« Er wollte noch etwas hinzufügen, doch er traute sich nicht, an die andere Möglichkeit zu denken, geschweige denn, sie auszusprechen. *Ob du lebst oder nicht.* Alex startete eine zweite, etwas allgemeinere Recherche zum Thema vermisste Kinder. Wie er bereits vermutet hatte, wurden die meisten in der Regel schnell wieder gefunden. Oft hatten die Kinder sich nur verlaufen. In den meisten Fällen, in denen Minderjährige nicht innerhalb von kurzer Zeit wieder auftauchten, handelte es sich um Jugendliche und Kinder, die von zu Hause ausgerissen waren, gefolgt von illegalem Kindesentzug durch Elternteile. Auch hierfür gab es verschiedene Gründe. Manche Väter und Mütter entführten ihre Kinder vom anderen Elternteil, andere reisten heimlich mit ihren Kindern ins Ausland, aus Angst, dass das Jugendamt sie ihnen wegnehmen würde.

Nach einer stundenlangen Recherche schrieb Alex schließlich am frühen Morgen eine To-do-Liste. Er war sich sicher, dass des Rätsels Lösung in der Vergangenheit zu finden war. Und genau dorthin musste er. Er würde nach Frankenthal fahren und sich den Spielplatz noch einmal ansehen. Auch wollte er versuchen, mehr über Emilys Familienverhältnisse herauszufinden. In seinem Heimatdorf wohnte ein Kriminalkommissar, der früher in Frankenthal gearbeitet hatte. Sein Vater sang mit dem Polizisten im Chor, daher hatte er gute Chancen, ihn privat sprechen zu können.

* * *

Morgens um neun Uhr saß Alex bereits in der S-Bahn. Nach einer Dreiviertelstunde erreichte er Frankenthal. Das kurze Stück vom Bahnhof zum Spielplatz ging er langsamen Schrittes. Es kostete ihn Überwindung, diesen Weg zu nehmen. Nach dem Vorfall war er nie wieder dort gewesen, sondern hatte stets einen Umweg in Kauf genommen, um von der Schule zum Bahnhof zu gelangen. Zu seiner Überraschung sah der Spielplatz fast genauso aus wie damals. Eine große Schaukel war hinzugekommen und ein kleiner Sandkasten. Der Rest war unverändert. Auch die Bank, auf der Emily und er damals gesessen hatten, gab es noch.

Der Spielplatz war fast leer. Nur eine Mutter saß auf dem Rand des Sandkastens und sah zu, wie ihr Kleinkind im Sand saß und buddelte. Dank seiner ausgiebigen Recherche wusste Alex, dass es nach dem Vorfall lange gedauert hatte, bis sich Eltern mit ihren Kindern wieder auf den Spielplatz getraut hatten. Einige Monate lang hatten immer wieder Streifenpolizisten nach dem Rechten gesehen. Doch wie bei vielen anderen schrecklichen Ereignissen war mit der Zeit Gras über die Sache gewachsen und die Eltern waren wieder sorgloser geworden. Alex lief zur Bank und schaute auf die Rückenlehne. *A+E* stand dort neben vielen anderen Initialen. Er hatte die Buchstaben, kurz nachdem sie ein Paar geworden waren, auf dem Nachhauseweg von der Schule hineingeritzt. Damals, als alles noch leicht war und er auf rosafarbenen Wolken schwebte. Es sollte ein Zeichen ihrer ewigen Liebe sein, genau drei Wochen vor dem Zwischenfall auf dem Spielplatz.

Er seufzte tief in der Hoffnung, die Schwere, die ihn gerade überfiel, zu vertreiben. Doch es half nichts, es machte ihn unendlich traurig, hier zu sein. Neue Erkenntnisse kamen ihm auch nicht. Deshalb ging er zurück zum Bahnhof und stieg in den Bus, der ihn in sein Heimatdorf bringen würde.

* * *

Beim Blick aus dem Fenster fiel ihm auf, wie schön die Gegend war. Gemüsefelder wechselten sich mit langen Rebzeilen ab. Wie froh war er damals gewesen, der Provinz entfliehen zu können. Und gleichzeitig hatte er bereits kurz darauf begonnen, den Pfälzer Wein und das deftige Essen zu vermissen. Mittlerweile gab es in der Pfalz sogar genauso gute Weine wie in Südafrika, urige Weinstuben boten gute Hausmannskost an und in direkter Nachbarschaft kochten zahlreiche Sterneköche auf höchstem Niveau. Irgendwo dazwischen lag sein Heimatort. Hier hatte sich in den letzten Jahren nicht viel verändert, außer dem Neubaugebiet, das stetig wuchs, war der Kern des Örtchens gleich geblieben. Eine Eisdiele, ein paar Lädchen, das Wichtigste war vorhanden. Schon als Teenager hatte er sich gewünscht, bald von hier zu verschwinden. Zu eng war es ihm in dem Ort, der zwar für seine Weinfeste bekannt war, den Rest des Jahres aber im Tiefschlaf zu verbringen schien. Seine Eltern hatten hier Wurzeln geschlagen, seine Schwestern waren stets mehr als er in den Vereinen eingebunden gewesen und hatten sich deshalb nach dem Studium entschieden, wieder in den Heimatort zu ziehen. Sie pendelten jetzt von hier nach Ludwigshafen und Mannheim zu ihren Arbeitsplätzen. Mit Kindern war ein Leben auf dem Land sicher nicht zu verachten, aber er zog eindeutig die Stadt vor.

Als er an der Haltestelle vor seinem Elternhaus aus dem Bus stieg, empfand er eine gewisse Wehmut, ohne dass er sich erklären konnte, weshalb. Das hier war der Ort seiner Kindheit, aber nicht mehr sein Zuhause. Er konnte sich nicht vorstellen, jemals hierher zurückzuziehen.

Das Elternhaus sah genauso aus wie in seiner Kindheit, nur abgenutzter. Seine Eltern hatten kein Interesse daran, viel in ihr Heim zu investieren, sie verreisten lieber.

Es war kurz nach ein Uhr mittags und er wusste, dass seine Eltern schon mit dem Mittagessen fertig sein würden. Seine Mutter hatte sich fest vorgenommen, das Alter zu überlisten. Deshalb aß sie schon seit Jahren kein Fleisch mehr und kochte nur noch »gesund«, überwiegend Vollkornreis und asiatisches Gemüse, das auf der japanischen Insel verspeist wurde, auf der die meisten Hundertjährigen der Welt lebten. Das einzige Problem an der ganzen Sache war, dass es einfach nicht schmeckte. Alex hatte stets das Gefühl, nach solch einem überwiegend makrobiotischen Essen noch hungrig zu sein. Auch deshalb tat ihm sein Vater leid. Der ging regelmäßig in die Gaststätte am Ortsausgang und bestellte sich dort ein Schnitzel mit Pommes. Natürlich heimlich. Er erzählte es seinem Sohn, wie ein Schuljunge, der gerade die doofe Lehrerin überlistet hat. Trotz aller Nörgelei und Heimlichtuerei beim Essen schienen seine Eltern miteinander glücklich zu sein. Nicht mehr glücklich verliebt, aber es war wie eine angenehme WG. Bei dieser WG klingelte er gerade.

Kurz darauf öffnete ihm seine überraschte Mutter noch

kauend die Tür. »Es ist Alex, nicht dein Paket!« Er hörte ein enttäuschtes »Ah« von innen – oder hatte er sich das nur eingebildet? »Alex, was machst du denn hier?«, wunderte sich seine Mutter. »Ist etwas passiert?«

Er schüttelte den Kopf. »Nein, ich wollte einfach mal spontan vorbeischauen.«

»Wie schön! Wir dachten schon, du hast entweder eine Freundin, bei der du eingezogen bist, oder bist im Dauerstress in diesem Café. Apropos Kaffee, du kommst pünktlich zum Kaffeetrinken.«

Alex wusste, was das bedeutete. Kaffeetrinken bei seiner Mutter war nicht mit Kaffeetrinken wie bei anderen Leuten zu vergleichen, wo es Sahnetorte und Filterkaffee gab. Nein, seine Mutter machte Lupinenkaffee, früher bekannt unter dem Namen Muckefuck. Die Krönung war jedoch die Reismilch, die als Milchersatz zum Einsatz kam. Deshalb lehnte er das Kaffeeangebot dankend ab und saß kurz darauf mit seinen Eltern Barbara und Dietmar auf der Terrasse. Statt Kaffee trank er einen original japanischen Tee, dazu gab es zucker- und glutenfreie Kekse.

»Halte dich nur von Zucker und Weißmehl fern«, warnte seine Mutter.

»Ich hab grad mein erstes Bier gebraut«, erzählte sein Vater, den Ernährungstipp seiner Frau stoisch ignorierend. Bevor sein Vater, ein ehemaliger Geschichtslehrer, einen Monolog anfangen konnte, der mit den ersten Bierbrauern überhaupt beginnen würde, lenkte Alex das Gespräch in eine andere Richtung.

»Papa, endlich ist dein Bart modern geworden!« Sein

Vater lachte und streichelte seinen dunklen Vollbart, der einen Kontrast zu seinem fast weißen Haar bildete.

»Mir gefällt es nach wie vor nicht«, wandte seine Mutter ein.

»Stell dir vor, unser Friseur Karl hat jetzt sogar eine *Barber Corner* im Laden«, erzählte Dietmar stolz und witzelte: »Vielleicht hätte ich auch die Schlaghosen aufbewahren sollen.«

»Alex, weißt du überhaupt, was Schlaghosen sind?«, fragte seine Mutter lachend.

Alex schmunzelte. Obwohl seine Eltern in einer anderen Welt lebten als er, liebte er sie so, wie sie waren. Er bemerkte zum ersten Mal, dass sie nun zu den Senioren gehörten. Für einen kurzen Augenblick wurde er traurig und nahm sich vor, sie öfter zu besuchen. Warum kam er so selten? War er zu sehr mit sich selbst beschäftigt? Er beschloss, ab jetzt mindestens einmal im Monat vorbeizukommen.

Seine Eltern hatten Alex mit über vierzig bekommen. Sie hatten zu diesem Zeitpunkt bereits zwei Kinder und mit dem Kinderwunsch abgeschlossen. »Ich dachte, ich wäre schon in den Wechseljahren«, erzählte seine Mutter immer wieder stolz bei allen möglichen Anlässen Alex' Entstehungsgeschichte. Nun waren beide in Rente, auch wenn seine Mutter an manchen Vormittagen noch bei einem Winzer im Verkauf half.

»Und, was gibt es Neues?«, fragte Alex.

»Hm, was soll hier schon groß passieren? Der alte Bäcker ist gestorben, somit sind wir den Instant-Bäckern jetzt komplett ausgeliefert«, klagte Barbara.

»Echt? Die Bäckerei Gündel gibt es nicht mehr?«, fragte Alex.

Beide nickten. »Ich hab uns schon einen Backautomaten gekauft«, erzählte seine Mutter.

Der Vater verdrehte die Augen. »Ja, und jetzt hat unser Brot immer zwei Löcher von diesen Knethaken.«

»Aber es ist ohne jegliche Zusätze und damit sehr gesund.«

»Als ob wir dadurch länger leben würden ...«

»Natürlich«, warf seine Mutter ein. »Schau mich an, meine Gymnastiklehrerin sagt, ich sehe höchstens aus wie fünfzig.«

Seine Mutter sah in der Tat jünger aus, als sie war. Ob das nur an ihrer Ernährung lag?

Gerade drohte sein Vater scherzhaft: »Wenn du den Scheiß mit der glutenfreien Ernährung so weitermachst, lasse ich mich scheiden!«

»Also wirklich!«, rief sie entsetzt. »Seit dein Vater in Rente ist, hat er seine Manieren verloren. Schließlich will ich noch erleben, wie meine Enkel groß werden!«

»Das mag ja sein, aber keiner von uns hat eine Allergie. Und trotzdem leben wir strenger als alle Allergiker zusammen. Das kann es doch auch nicht sein!«, ereiferte sich Dietmar.

»Wir planen übrigens eine sehr interessante Kreuzfahrt«, versuchte Barbara vom Thema abzulenken. Seine Familie schien ein Talent für Themenwechsel zu besitzen. »Und zwar wollen wir das erste Mal runter nach Argentinien.«

»Patagonien und Antarktis«, erklärte Dietmar.

»Verrückt, oder?«, Barbara lächelte. Sie nahm sich einen Keks und aß ihn genüsslich. »So herrlich aromatisch!«

Der Vater sah zu seinem Sohn und schüttelte den Kopf.

»Schmecken dir die Kekse? Ich finde, man merkt überhaupt nicht, dass kein Zucker drin ist. Im Gegenteil, sie schmecken doch noch aromatischer durch den Agavendicksaft und die Datteln, oder?«

»Und du, was gibt es bei dir Neues?«, fragte Dietmar, ohne seine Frau zu beachten.

»Ich hab Emily getroffen.«

Die Eltern schienen zu überlegen, von wem er sprach.

»Wer ist das?«, fragte seine Mutter schließlich.

»Meine erste Freundin.«

Ein langer Seufzer und ein bedeutungsvolles »Aha« war die Antwort.

»Sie ist meine Kollegin, oder besser gesagt, sie ist mittlerweile Konditorin.«

»Das war wirklich eine furchtbare Geschichte damals«, meinte Barbara und legte ihren angebissenen Keks auf ihre Untertasse. Der Themenwechsel schien ihr den Appetit verdorben zu haben. »Haben sie eigentlich ...«, setzte sie an, traute sich aber offensichtlich nicht, den Satz zu Ende zu führen.

Alex ahnte, was sie fragen wollte. »Nein, sie haben ihren Bruder bis heute nicht gefunden.«

»Schrecklich war das, einfach nur schrecklich.«

»Ich weiß, ich war schließlich dabei.«

»Das wissen wir doch.«

Sie schwiegen und seine Mutter drehte gedankenverloren die Tasse in ihrer Hand hin und her.

»Ich möchte in dem Fall recherchieren«, erklärte Alex und bemerkte, wie sich die Augen seiner Eltern weiteten und die Augenbrauen nach oben schnellten.

»Was willst du da recherchieren? Dafür gibt es doch eine Abteilung bei der Polizei.«

»Es gibt einfach viele Ungereimtheiten.«

»Wer weiß, vielleicht findet Alex eine Spur. Es wäre der Familie zu wünschen«, warf sein Vater ein. Er überlegte kurz und fragte: »Soll ich mal mit Karl sprechen?«

»Das hatte ich ehrlich gesagt gehofft«, antwortete Alex.

»Also gut, dann mache ich das«, versprach Dietmar.

»Die Mutter hat damals doch in Frankenthal in einem Bekleidungsgeschäft gearbeitet«, erinnerte sich Barbara. »Sie war eine gute Verkäuferin, aber recht flatterhaft. Ich meine, vier Kinder von vier Männern, das muss man erst mal hinkriegen …«

»Barbara!«, rügte ihr Mann, doch sie hörte nicht auf ihn.

»Ihr wisst doch, dass ich gern Krimis lese«, warf sie ein.

Ihr Mann verdrehte die Augen. »Was hat jetzt das eine mit dem anderen zu tun?«

»Ich mein ja nur«, sagte sie.

»Echt, Barbara, du kommst von Arschbacken zu Kuchenbacken!«

»Und deine Sprache ist furchtbar derb, seit du pensioniert bist!«

»Wo ich herkomme, ist das ein geläufiges Sprichwort. Man könnte auch sagen, du flatterst von einem Thema zum anderen wie ein Schmetterling. Gefällt dir das besser?«, fragte er mit einem Augenzwinkern. Er beugte sich zu seinem Sohn und flüsterte verschwörerisch: »Fliege hätte besser gepasst, aber dann gibt es in der nächsten Zeit auch noch glutenfreies Brot.«

»Ich weiß, dass du über mich herziehst. Aber sei doch froh, dass ich nur das Beste für uns will«, meinte Barbara und stand auf. Sie trug Leggings, darüber einen Jeans-Minirock und ein grünes T-Shirt. Das stand ihr sehr gut. *Man merkt ihr ihr Alter wirklich nicht an*, dachte Alex bewundernd.

»Ich weiß, mein Schatz, du hast von deinen Freundinnen weit und breit den geilsten Arsch«, platzte Dietmar heraus.

Barbara lachte und sagte, an ihren Sohn gewandt: »Siehst du, Schnuppel, wer würde ihm glauben, dass er mal Deutsch- und Geschichtslehrer war?«

Der Vater stand auf. »Ich hol mir ein selbstgebrautes Bier. Für dich auch eins, mein Sohn?«

Alex fragte sich, ob seine Eltern schon immer so gewesen waren. Oder fiel es ihm mit mehr Abstand einfach mehr auf?

* * *

Nach dem Bier ging Alex in sein altes Jugendzimmer, mittlerweile war es zu einem Bügel- und Sportzimmer für seine Mutter geworden. Trotzdem standen noch sein Einzelbett, ein paar alte Möbel und andere Dinge von ihm herum. Aus der Kommode holte er einen alten Chucks-Karton. Er war mehrmals mit Klebeband umwickelt. Mit einer Schere zerschnitt er das Klebeband und öffnete den Karton. Darin befanden sich ein USB-Stick, Briefe und Kinotickets. Er wühlte eine Weile in den Erinnerungsstücken, dann legte er sich aufs Bett und schloss die Augen.

Kapitel 10

Vergangenheit

Die Lehrerin marschierte durch das Klassenzimmer. Die Schüler saßen konzentriert über ihre Tests gebeugt und grübelten. Nur wenige beantworteten zügig die Fragen des Mathetests der achten Klasse. Emily war eine davon. Alex saß neben ihr und schaffte es nicht, sich zu konzentrieren. Er dachte an diesen wunderbaren ersten Abend auf der Party mit ihr, als sie sich geküsst hatten. Die Matheaufgaben, die ganze Schule, alles schien ihm so unbedeutend im Vergleich zu diesen starken Gefühlen der ersten Liebe. Verstohlen streichelte er unter dem Tisch ihre Taille. Sie sah ihn an und er konnte ein dezentes Lächeln erkennen. Mit ihrem Blick jedoch versuchte sie, ihm zu zeigen, dass er sich dem Test widmen sollte. Er war erst bei der zweiten Aufgabe und viel weiter würde er nicht kommen, das war ihm klar.

Wieder sah er von seinem Blatt auf und beobachtete sie. Frau Höpfner, die Mathelehrerin, die nach wie vor im Klassenzimmer auf und ab ging und die Schüler beobachtete, ermahnte ihn: »Alexander, nicht von Emily abgucken.«

Beinah hätte er losgeprustet. Er dachte daran, sie zu küssen und nicht von ihr abzuschreiben. Es war die letzte Schulstunde und sie schien nicht vorbeigehen zu wollen. Er überlegte, dass es sinnlos war, noch länger sitzen zu bleiben und auf sein Blatt zu starren. Deshalb stand er auf, ging nach vorn und legte sein Blatt auf Frau Höpfners Tisch. Die kleine, dünne Frau sah ihn überrascht an. Es waren noch zwanzig Minuten bis zum Ende der Schulstunde. Mathematik gehörte definitiv nicht zu seinen Stärken, aber warum nutzte er die Zeit nicht bis zum Ende?

Alex kümmerte sich nicht um sie. Er drehte sich noch einmal zur Klasse um, sagte freundlich: »Tschüss«, und suchte Emilys Blick. Sie sah kurz von ihrem Blatt auf, lächelte ihn an und widmete sich wieder den Aufgaben. Ihr Lächeln reichte ihm, zufrieden verließ er das Klassenzimmer. Er wusste, welchen Weg Emily nehmen würde, schließlich hatte er sie nach der Party nach Hause begleitet. Voller Ungeduld wartete er in einer Seitenstraße auf sie. Keine fünfzehn Minuten später kam sie. Offensichtlich war sie früher mit den Aufgaben fertiggeworden, denn sie hatte ihr Blatt bestimmt nicht vorzeitig abgegeben. Heute hatte sie die Haare zu einem Zopf geflochten. In ihren Hüftjeans und dem engen Shirt sah sie umwerfend aus. Alex' Herz schlug höher. *Das ist meine Freundin*, dachte er stolz. Sie war nicht nur schön, sondern auch clever. Emily war auf dem besten Weg, Klassenbeste zu werden, obwohl sie kaum zu Hause lernte.

»Man muss einfach nur gut aufpassen«, hatte sie neulich zu ihm gesagt, als wäre es das Selbstverständlichste auf der Welt.

Alex träumte davon, für immer mit ihr zusammenzubleiben. Obwohl sie erst seit ein paar Tagen ein Paar waren, malte er sich schon eine gemeinsame Zukunft mit ihr aus. Er versteckte sich hinter einer Hausecke und holte etwas aus seinem Rucksack. Emily lief nichtsahnend die Straße entlang, als ihr plötzlich kleine Seifenblasen entgegenflogen. Sie blieb verwundert stehen, ging langsamer und schaute um die Ecke. Dort stand Alex und lächelte. Sie lief auf ihn zu und küsste ihn.

Er umarmte sie und lächelte fröhlich. Dann nahm er ihre Hand und sie liefen durch die Straßen, auf der Suche nach einem ungestörten Plätzchen. Nach einer Weile verließen sie den Ort über einen geteerten Wirtschaftsweg. Auf den umliegenden Hügeln standen Weinstöcke, die ersten Trauben wurden schon geerntet.

»Warum hast du für den Mathetest nicht gelernt?«, fragte Emily.

»Hab ich, aber ich konnte mich nicht konzentrieren. Und du?«

Sie zuckte mit den Schultern. »Ich möchte einfach ein gutes Zeugnis haben.«

»Streberin«, neckte er sie und küsste ihren Hals.

»Meine Mutter wollte keine Streberin sein, stattdessen war sie immer das hübscheste Mädchen in der Schule. Und jetzt? Sie hat vier Kinder und ist Verkäuferin. Das wird mir nicht passieren. Ich will studieren und gutes Geld verdienen.«

Alex sah sie erstaunt an. »Machst du dir schon über die Zukunft Gedanken?«

Emily nickte. »Ich will nicht immer nur auf jeden Cent achten, immer das Marmeladenglas bis zum Ende auskratzen.«

Er streichelte ihr übers Gesicht. »Wirst du bestimmt nicht. Du wirst Karriere machen und ich passe währenddessen auf unsere Kinder auf.« Nachdem er diesen Satz beendet hatte, wusste er, dass er in Zukunft erst nachdenken würde, bevor er etwas sagte. Schließlich waren sie erst ein paar Tage zusammen!

Doch Emily lächelte und meinte: »Einverstanden.«

Alex breitete seine Jacke zwischen zwei Rebzeilen aus. Sie setzten sich und aus seinem Rucksack holte er ein paar belegte Brote, zwei Flaschen Wasser und einen Apfel. »Das ist unser erstes Picknick.«

»Du bist so süß«, sagte sie.

Doch keiner der beiden hatte Hunger. Sie lagen einfach im Gras und sahen sich tief in die Augen. Dann näherten sich ihre Lippen und sie tauschten zärtliche Küsse. Die Zeit schien stillzustehen. Es war wie ein Traum. Sie genossen die Nähe des anderen und die Zärtlichkeit.

Als Alex' Hand unter ihr Shirt wanderte, setzte Emily sich auf und sagte: »Hör auf.«

Er gehorchte sofort. »Entschuldige. Gefällt es dir nicht?«

Sie lächelte. »Doch, aber ich will das noch nicht«, antwortete sie und sah verlegen auf den Boden. Zum ersten Mal wirkte sie verunsichert.

Alex setzte sich auf und meinte: »Du hast recht, wir sollten es langsam angehen«, obwohl er lieber seinen Gefühlen als der Vernunft gehorcht hätte.

Ihr Gesichtsausdruck erhellte sich und sie flüsterte. »Du bist der süßeste Freund auf der ganzen Welt.« Sie nahm eines der Brote und seufzte: »Jetzt hab ich ganz schön Hunger.«

Alex versuchte, seinen Puls zu beruhigen.

»Hattest du vor mir schon eine Freundin?«, fragte Emily, während sie sich an ihn lehnte.

»Nein. Und du?«

»Ich hatte auch noch keinen Freund.«

Er schaute ihr tief in die Augen und wusste, dass er verliebt war. Sie küssten sich wieder. Danach lagen sie noch eine Weile nebeneinander und beobachteten die Wolken, während sich Emily eng an ihn schmiegte. Alex wünschte sich, dass sie hier ewig bleiben könnten.

»Wie viel Uhr ist es eigentlich?«, fragte Emily plötzlich.

»Halb fünf.«

Sie sprang auf. »Mist, ich muss meinen Bruder vom Kindergarten abholen!«

Sie schnappte sich ihren Rucksack und hastete davon.

Alex hechtete hinterher. »Du hast einen kleinen Bruder?«

Sie nickte. »Ja, und der Kindergarten hat gerade zugemacht. Mein anderer Bruder und meine Schwester gehen schon in die Grundschule und kümmern sich um sich selbst.«

»Sind sie schon so selbstständig?«, fragte Alex verwundert.

Sie zuckte mit den Achseln. »Na ja, sie hängen nach der Schule meistens bei Freunden rum und kommen allein nach Hause. Ich gucke, dass sie nicht nur vor dem Bildschirm hängen, sondern auch was zu essen bekommen und Hausaufgaben machen.«

Alex' Bewunderung für Emily wuchs.

Bedrückt sagte sie: »Tut mir leid. Ich hab echt nicht gedacht, dass es schon so spät ist. Wir sehen uns morgen an unserem Stammplatz.«

Dann rannte sie los.

Alex sah ihr traurig hinterher. Emilys Leben war nicht wie das ihrer Altersgenossen. Sie wirkte auf ihn wie eine Erwachsene in einem kindlichen Körper.

Kapitel 11

Alex öffnete die Augen. Erst jetzt wurde ihm richtig klar, wie viel Verantwortung Emily bereits als Dreizehnjährige hatte tragen müssen. Und um ihre anderen Geschwister hatte sich die Mutter wohl auch nie richtig gekümmert. Er fragte sich, wann sie bei diesem Pensum überhaupt die Schulaufgaben hatte bewältigen können.

Während er noch darüber nachdachte, klopfte es an der Tür und kurz darauf trat sein Vater ein.

»Ich hab mit Karl gesprochen. Er kommt später vorbei, dann kannst du ihm deine Fragen stellen.«

»Danke.«

Eine Stunde später saßen die drei Männer auf der Terrasse. »Wo ist Barbara?«, fragte Karl. Der ehemalige Kommissar war Ende sechzig und trug ebenfalls einen Bart, hatte aber kaum noch Haare. Er hatte es sich mit einer Flasche des selbst gebrauten Biers in einem der Gartenstühle bequem gemacht.

»Gymnastik oder Yoga oder was weiß ich.« Alex' Vater machte eine Handbewegung, um anzudeuten, dass sie einfach nicht da war. »Deshalb schmeiß ich gleich den Grill an. Sie geht mit ihren Mädels noch was trinken. Das kann dauern.«

»Ist Alkohol nicht auch gesundheitsgefährdend?«, fragte Alex schmunzelnd.

Die Männer lachten. »Nein, Wein und Prosecco sind in Maßen sehr gesund!«

»Wenigstens hast du deine Barbara noch«, warf Karl ein. »Lieber eine Gesundheitsfanatikerin als gar keine Frau.«

Er seufzte traurig und trank einen Schluck von seinem Bier.

»Und du willst Privatdetektiv werden?«, wandte er sich an Alex, der gerade die Steaks aus dem Haus geholt hatte.

»Nein, eigentlich möchte ich einer alten Freundin helfen, ihren Bruder zu finden.« Er beobachtete, wie sein Vater den überdimensionalen Gasgrill anheizte, und fragte: »Haben wir auch Salat?«

Die zwei älteren Männer sahen sich an und lachten. »Bist du ein Hase?«, frotzelte Dietmar.

»Oder ein Vegetarier?«, fragte Karl. »Da dein Vater ja sonst nur Gemüse isst, kommt heute bestimmt nix Grünes auf den Teller.«

Alex zuckte mit der Schulter. »Dann hole ich mal das Brot.«

»Das ist eine gute Idee.«

Als der Grill auf Hochtouren lief, sich langsam der deftige Geruch von Gegrilltem ausbreitete und sie schon beim zweiten Bier waren, fragte Karl: »Was willst du denn von mir wissen?«

»Ich wollte dich fragen, zu welchem Schluss die Polizei damals in Bezug auf den Fall gekommen ist.«

»Um welchen Fall geht es dir denn?«, fragte Karl und kratzte sich am fast kahlen Schädel.

»Der kleine Junge, Jason Keller, er wurde vor über zehn Jahren vom Spielplatz entführt. Erinnerst du dich?«

»Ach ja, diese Geschichte. Das war, kurz bevor ich das Präsidium in Frankenthal verlassen habe. Es war eigentlich nicht mein Fall. Aber klar, da haben bei uns alle Kräfte mitgeholfen. Ich habe ein paar Hinweise aus der Bevölkerung überprüft. Aber auch, wenn ich Rentner bin, darf ich dir nur die Dinge erzählen, die für die Öffentlichkeit bestimmt waren.«

»Was vermutete denn die Polizei? Seid ihr damals von Kidnapping ausgegangen?«

»Ich muss nachdenken, es ist schon länger her ... Es trudelten natürlich zahlreiche Hinweise ein. Das ging von Organhandel über Kinderhandel bis hin zu Pädophilie. Natürlich auch Kidnapping.«

»Seid ihr damals allen Hinweisen nachgegangen?«, wollte Alex wissen.

»So, hier kommen die ersten Steaks«, unterbrach sein Vater das Gespräch. Alex' Frage blieb zunächst unbeantwortet, zu gut rochen die Steaks und Bratwürste. Dazu gab es Baguette, verschiedene Saucen und natürlich noch mehr Bier.

Nachdem er das erste Steak vertilgt hatte, wurde Karl wieder gesprächiger. »Bei Verbrechen sind ja meistens Bekannte oder Verwandte im Spiel. Sex, Geld oder Eifersucht sind die häufigsten Gründe für Straftaten.«

»Zu welcher abschließenden Erkenntnis seid ihr gekommen? Der Fall wurde ja irgendwann ungelöst zu den Akten gelegt, oder?«

»Na ja, die Mutter war sich sicher, dass es eine Bande war. Doch der Vater des Kindes war ebenfalls verdächtig. Er stammte aus irgendeinem Land in Nordafrika, ein Medizinstudent oder so, der eine kurze Beziehung mit der Frau hatte.«

»Ihr wusstet, wer der Vater war?«, fragte Alex überrascht.

»Klar«, antwortete Karl.

»Ich wundere mich nur, weil Emily meinte, ihre Mutter wüsste nicht, wer der Vater ist.«

»Hm ... Hat sie das vielleicht nur ihrer Tochter gegenüber behauptet?« Karl dachte nach. »Ich meine, sie wollte zuerst nicht mit dem Namen des Vaters rausrücken. Hat immer behauptet, er wüsste eh nichts von dem Kind. In der Geburtsurkunde stand er nicht. Allerdings waren die beiden wohl eine ganze Weile zusammen.«

»Also war es doch kein One-Night-Stand, wie sie Emily gesagt hat?«

»Nein, soweit ich mich erinnere, war es eine längere Beziehung. Bei der Geburt waren sie nicht mehr zusammen, aber wenn er geahnt hat, dass sie schwanger war, hat er sie vielleicht noch ein bisschen im Blick behalten. Ein paar Jahre später ist er mit dem Studium fertig und muss zurück nach Afrika. Und wenn er die Frau nicht haben kann, nimmt er wenigstens seinen Sohn mit. Klingt logisch, oder?«

»Wurde er denn überprüft?«

Karl aß bereits das nächste saftige Steak. »Der hatte Deutschland längst verlassen. Ich glaube mich zu erinnern, dass die Kollegen versucht hatten, ihn in seinem Heimatland ausfindig zu machen. Wo war das noch gleich ... jetzt weiß ich es wieder, in Marokko. Aber das war zu der Zeit schwierig. Dass Väter ihre Kinder auf andere Kontinente entführen, kommt ja immer mal wieder vor. Die deutsche Polizei war diesbezüglich auf die Mithilfe der marokkanischen Behörden angewiesen, aber wenn die nicht mitgemacht haben, waren wir machtlos. Damals gab es noch kein Übereinkommen für Kindesrückführungen mit Marokko. Das gibt es erst seit ein paar Jahren. Aber wie gesagt, das war wohl auch nur eine Spur von vielen. Zu der Zeit war ich aber wieder mit anderen Fällen beschäftigt, ich glaube, da hatte ich schon ins Präsidium nach Ludwigshafen gewechselt und habe das nicht mehr im Detail mitbekommen.«

»Was denkst du persönlich, was passiert ist?«

»Ich denke, dass es der Vater war. Es ist die Erklärung, die für mich am plausibelsten ist. Bei einem Gewaltverbrechen achten die Täter eigentlich darauf, dass keiner in der Nähe ist, aber du und die Schwester waren damals ja auf dem Spielplatz. Das Risiko gehen Täter normalerweise nicht ein, es sei denn, es geht um Erpressung oder eben um Familiengeschichten. Wie siehst du das?«, fragte Karl zurück.

»Ich denke ebenfalls, dass es die beste Spur ist, die wir haben. Wie hieß der Vater denn?«

»Das weiß ich nicht. Es wäre auch schwierig für mich, da noch an die Akten ranzukommen. Eigentlich hab ich dir schon viel zu viel erzählt ...«

»Aber was rätst du mir? Wie soll ich weitermachen?«

»Ich würde an deiner Stelle noch einmal mit der Familie sprechen. Du hast ja Kontakt zu der Tochter, oder?«

* * *

»Ich soll mit meiner Mutter reden?« Emily klang entsetzt, das konnte er selbst am Telefon deutlich hören. »Nein, das mache ich nicht.«

»Wir müssen wissen, wie Jasons Vater heißt«, sagte Alex. »Nur so können wir herausfinden, was damals passiert ist.«

»Ich kann das nicht. Und ich glaube auch nicht, dass sie mir die Wahrheit sagen würde. Sie behauptet doch, es war ein One-Night-Stand.«

Alex merkte, wie angespannt Emily sich fühlte, und lenkte ein: »Okay, lass uns nachdenken. Vielleicht finden wir einen Anhaltspunkt, ohne mit deiner Mutter reden zu müssen. Also, der Vater von Jason soll Medizinstudent gewesen sein. Wann genau wurde dein Bruder geboren?«

»Am 5. August 2003.«

»Und wo habt ihr damals gewohnt?«

»In Heidelberg. Aber meine Mutter war doch Verkäuferin, die hatte bestimmt keinen Kontakt zu Studenten. Moment mal ...« Emily dachte nach. »Wenn einer Medizin studiert, muss er doch in einem Krankenhaus praktisch arbeiten, oder?«

»Ja.«

»Meine Mutter hat eine Weile in einem Heidelberger Krankenhaus gearbeitet. Ich vermute, sie hat dort geputzt.

Genau weiß ich das nicht, denn sie hat eigentlich nie über ihre Arbeit gesprochen. Ich weiß es nur, weil sie manchmal Essen aus der Kantine mitgebracht hat, das übrig war.«

»Weißt du, in welchem Krankenhaus das war?«

»Keine Ahnung.«

»Na ja, wenn sie dort den Studenten getroffen hat, war es bestimmt das Uniklinikum. Zumindest ist das am wahrscheinlichsten. Das ist ziemlich groß beziehungsweise ein ganzer Komplex, der aus mehreren Kliniken besteht. Aber es ist zumindest ein Anhaltspunkt. Wir müssten versuchen, herauszufinden, welche Hilfsärzte aus Marokko dort Ende 2002 gearbeitet haben. Aber wie?«

Während er überlegte, fiel Alex' Blick auf die Uhr.

»Mist, schon so spät?«

Er verabschiedete sich hastig von Emily und griff sich seinen Rucksack, um rechtzeitig zu seiner Spätschicht im Café zu sein.

* * *

Montags war im Café meistens wenig los, so auch heute. Draußen saßen ein paar Gäste an den vier runden Tischen, drinnen herrschte gähnende Leere. Laura telefonierte gerade. Alex winkte ihr zu und zog sich um.

»Na du, warst du schön fleißig mit deiner Semesterarbeit?«

»Klar, letzte Woche zum letzten Mal«, sagte er schmunzelnd.

»Tststs.« Sie schüttelte den Kopf. »Ich will später nicht

hören, dass es meine Schuld war, dass es mit dem Diplom nicht geklappt hat.«

Er zuckte mit den Schultern. »Das wird alles völlig überbewertet.«

»Wie war dein Wochenende?«, fragte sie.

»Ich war zu Hause.«

»Wie schön, da warst du schon eine Weile nicht mehr, oder?«

»Ging so. Eigentlich bin ich hingefahren, um mehr über das Verschwinden von Emis Bruder herauszufinden.«

»Und, hattest du Erfolg?«

»Nicht wirklich. Ich muss mehr über den Vater des Jungen herausfinden. Der Polizisten-Kumpel von meinem Vater meinte, dass das die heißeste Spur ist.«

»Gibt es denn irgendwelche Anhaltspunkte?«

»Er war ein Medizinstudent aus Marokko und zum Studium in Deutschland.«

»In welcher Stadt?«

»Vermutlich hier, an der Heidelberger Uniklinik.«

»Echt? Meine Mutter war bis vor ein paar Jahren dort Sekretärin.«

Alex sah sie überrascht an. »Vielleicht kann sie etwas herausfinden?«, sagte er hoffnungsvoll.

»Ich frage sie mal, ein bisschen Detektiv zu spielen würde ihr bestimmt Spaß machen.«

* * *

In den nächsten Tagen war Alex mit seiner Semesterarbeit

beschäftigt und schrieb mehrere Versionen des Drehbuchs für den Kurzfilm, den er geplant hatte. Doch immer wieder verwarf er seine Ideen. Da in den Ferien wenig los war, hatte Laura ihn nur nachmittags im Café eingeteilt. Emily kam dagegen morgens und ging meist vor der Mittagszeit, wenn alle Backwaren in der Theke standen. Er sah sie deshalb mehrere Tage nicht.

Bisher hatte Lauras Mutter nichts herausfinden können. Wie sollte es mit der Recherche weitergehen? Er hatte das Gefühl, sich in einer Sackgasse zu befinden. Außerdem musste er sich eingestehen, dass er Emily furchtbar vermisste. Aber wie konnte das sein? Sie hatten sich so lange nicht gesehen. War er etwa dabei, ihr wieder zu verfallen? Nein, er fand sie nur hübsch und nett. Und es war besser, wenn er nicht zuließ, dass er stärkere Gefühle für sie entwickelte, dann konnte sie ihn auch nicht wieder verletzen, wenn sie ohne ein Wort aus seinem Leben verschwand.

Doch warum war er so versessen darauf, ihr zu helfen? *Weil ich mich schuldig fühle*, dachte er. Er war dabei gewesen. Er hatte sie abgelenkt. Er hatte das Nummernschild nicht genau erkannt. Und er wollte ihr helfen, aus Freundschaft. Er würde die Ermittlungen einfach als guter Freund durchführen, der dieses dunkle Geheimnis der Vergangenheit auflösen wollte.

* * *

Alex stand gerade in der überfüllten Straßenbahn und wartete darauf, endlich aussteigen zu können, als sein Telefon klingelte. Es war Laura.

»Hallo, Laura«, begrüßte er sie knapp.

»Was ist mit, *du schönste Frau der Welt*?«

»Einen Moment.« Er räusperte sich und sprach in einer höheren Tonlage: »Hallo, du schönste Frau der Welt!«

»Schon besser. Wenn du Zeit hast, komm doch mal im Café vorbei. Ich hab ein paar Infos für dich.«

Plötzlich war Alex hellwach. »Ich fahre kurz zur Uni, aber gegen 15 Uhr kann ich bei dir sein.«

»Die Infos rennen nicht weg. Also keine Hektik, gell Bub?«

Gut gelaunt stieg Alex kurz darauf aus der Bahn und lief das kleine Stück zur Uni. Doch er konnte es kaum erwarten, ins Café Sehnsucht zu kommen. Wenn Laura sagte, dass sie Informationen hatte, musste es etwas Wichtiges sein.

Kapitel 12

Lauras Mutter war eine fröhliche Frau Ende sechzig. Gertrud trug einen akkurat geschnittenen Bob, war dezent geschminkt und sprühte nur so vor guter Laune. »Ach, war ich froh, dass ich da nicht mehr arbeiten musste«, sagte sie, nachdem Alex sie begrüßt hatte und sie sich an einen der Tische im Café gesetzt hatten.

»Mama, komm zur Sache«, bat Laura ungeduldig.

»Moment.« Gertrud hob ihre Hand. »Wie in jedem guten Krimi brauchen wir erst mal eine Einführung, sonst ist es langweilig!« Sie strich sich eine Strähne aus dem Gesicht. »Also, ich lief durch die breiten Gänge, die immer nach Desinfektionsmittel rochen.«

»Mama ...«

»Ist ja schon gut. Die Kollegin, die jetzt auf meiner Stelle arbeitet, hat sich gefreut, mich zu sehen. Schließlich war ich die gute Seele der Firma. Nach einem kurzen Geplänkel habe ich ihr mein Anliegen erklärt und sie ließ mich in die alten Unterlagen schauen. Der Zeitraum, um den es dir geht, liegt ja schon länger zurück. Wir mussten also ins Archiv. Aber wir hatten Glück. Es gab tatsächlich neun Monate vor der Geburt des vermissten Jungen einen Arzt aus Marokko.« Sie zog die Kopie eines Schwarz-Weiß-Fotos aus ihrer Tasche. »Das ist Herr Karim Habib.«

Das Bild zeigte einen Mann mit kurzen dunklen Haaren, der ernst in die Kamera blickte. Da es eine Kopie war, war das Foto nicht sonderlich scharf. Alex suchte in seinem

Handy nach dem Foto von Jason und kratzte sich nervös am Hinterkopf. Es gab eine gewisse Ähnlichkeit zwischen den beiden, aber konnten sie tatsächlich Vater und Sohn sein? Vielleicht lag es einfach nur daran, dass beide Orientalen waren?

»Du kannst die Kopie behalten. Mehr kann ich dir leider nicht sagen. Seine Heimatadresse steht natürlich nicht im Archiv und seine damalige deutsche Adresse dürfte dir nicht weiterhelfen. Falls du noch mal Hilfe brauchst, darfst du mich gern wieder engagieren.« Lauras Mutter zwinkerte ihm zu.

»Danke!« Alex gab ihr einen Kuss auf die Wange und sie kicherte kokett. Nachdem sie sich verabschiedet hatten, rief er Emily an.

»Hey, ich bin es, Alex. Hast du gerade Zeit? Ich bin tatsächlich weitergekommen.«

Emily war gerade bei Heidi im Seniorenheim. »Ich kann jetzt nicht, kannst du später bei mir vorbeikommen?«

»Wann?«

»Gegen halb neun.«

»Alles klar, bis dann.«

Alex legte auf und verspürte eine gewisse Euphorie. Auch wenn es nur eine lose Spur war, so war es doch ein Anfang.

* * *

Emily erblickte ihn bereits von Weitem. Er lehnte am Zaun vor ihrem Haus und wirkte nachdenklich. Sie wunderte sich, wie er so plötzlich wieder in ihr Leben hatte treten können. Obwohl sie mittlerweile erwachsen waren und sich eigentlich kaum kannten, hatte sie das Gefühl, ein alter Vertrauter stünde dort. Doch was wusste sie wirklich über ihn? Die einzige Gewissheit war, dass ihr warm ums Herz wurde, wenn sie ihn sah. Sie konnte sich genau erinnern, wie es damals in der Schule gewesen war, als sie ihn das erste Mal gesehen hatte und sich neben ihn setzen sollte. Er hatte sie an Leonardo DiCaprio erinnert. Damals wie heute hatte er etwas Poetenhaftes, Zerbrechliches an sich. Die dicken blonden Haare trug er ähnlich wie früher, nur etwas kürzer und nicht mehr so gegelt und zurechtfrisiert. Wie sehr hatte sie damals versucht, cool zu wirken, damit er ihr bloß nicht anmerkte, wie aufgeregt sie war.

Heute trug er ein hellblaues T-Shirt und eine leichte graue Hose. Leger und modisch. Schon damals in der Schule hatte er coole Klamotten getragen. Er hatte wirklich Stil. Plötzlich wurde ihr bewusst, dass sie in einem alten T-Shirt und einer weiten Leinenhose herumlief. Sofort fühlte sie sich hässlich. Ihre Kleidung war bewusst unauffällig, stillos. Doch jetzt wünschte sie sich, ein Kleid zu tragen, etwas Feminines.

Der Himmel hatte sich bereits rosa gefärbt. Emily war mitten auf der Straße stehengeblieben, um ihn zu beobachten. Er hatte sie noch nicht bemerkt. Ob es Nostalgie war oder der warme Sommerabend, sie spürte plötzlich wieder dieses Gefühl von damals. Es fing in der Magengegend an und breitete sich aus wie ein feines Spinnennetz. Wie ein Déjà-vu. Nur traute sie sich diesmal nicht, die Tür zu ihren

Gefühlen zu öffnen. Sie fühlte sich, als ob ihr jemand ein Stück ihrer Lieblingstorte hinhalten würde, doch sie durfte nicht hineinbeißen, weil es sie vergiften würde. Ihr Magen schnürte sich zusammen. Sie atmete tief ein und aus und ging auf ihn zu.

»Hey, ich hab dich gar nicht kommen hören«, rief Alex, als sie neben ihn trat. Er schien sich zu freuen, sie zu sehen.

»Du warst so in Gedanken versunken.«

Sie schloss die Haustür auf und er folgte ihr.

»Möchtest du etwas essen?«, fragte sie.

Er zuckte mit den Schultern. »Wenn du so gut kochen kannst, wie du backst, dann ja.«

Emily lächelte. »Ich schau mal, was ich dahabe.«

Sie öffnete den Kühlschrank, doch eine gähnende Leere empfing sie. Auch der Gemüsekorb war leer.

»Oh, das sieht nicht gut aus. Seit ich im Café arbeite, esse ich hier kaum noch. Der Kühlschrank ist leer und trockene Nudeln oder Reis sind vermutlich nicht so dein Ding.«

Alex griff nach seinem Telefon und meinte: »Wir können uns entscheiden zwischen trockenen Nudeln oder leckerer Pizza.«

»Dann lieber Pizza. Tut mir leid, ich hab wirklich nicht gewusst, dass ich nichts zum Essen im Haus habe.«

»Das macht doch nichts. Ich mag Pizza«, antwortete Alex.

Kurze Zeit später saßen sie mit ihrer Pizza auf der provisorischen Dachterrasse. Emily hatte ein paar Kerzen aufgestellt.

»Was sollen wir jetzt mit dem Wissen über diesen Karim Habib anfangen? Ich meine, denkst du wirklich, dass dieser Mann der Vater meines Bruders ist?«, fragte sie.

»Mein Bauchgefühl sagt mir, dass wir auf der richtigen Spur sind. Er muss es einfach sein. Das spüre ich.«

Emily sah ihn an. Die Selbstsicherheit, die er ausstrahlte, wenn er darüber sprach, gefiel ihr. Am liebsten hätte sie sich bei ihm angelehnt, sich von ihm in den Arm nehmen lassen und sich ins Ohr flüstern lassen, dass alles gut werden würde. Doch sie hielt sich zurück. Sie wollte keine falschen Signale senden. Stattdessen fragte sie: »Und wie machen wir jetzt weiter?«

»Wir finden ihn«, sagte Alex voller Überzeugung und legte sein angebissenes Stück Pizza zurück in den Pappkarton. »Facebook, Internetrecherche, und dann schauen wir, was dabei herauskommt.«

»Meinst du, es ist so einfach, den Mann ausfindig zu machen?«

»Im Zeitalter des Internets, ja. Ich habe schon ein bisschen recherchiert.«

»Und?«, fragte sie und sah ihn mit großen Augen an.

»Na ja, es gibt mehrere Männer mit diesem Namen in Marokko. Wir könnten deine Mutter fragen, aber ...«

»... aber das will ich nicht«, vollendete sie seinen Satz.

»Ich weiß. Wir werden ihn auch so finden, keine Angst.« Wieder klang Alex so zuversichtlich.

»Und du willst nach Marokko reisen, oder was hast du vor?«, fragte Emily.

»Ja, genau.« Er wischte sich den Mund ab. »Eine andere Möglichkeit gibt es nicht.« Er klang, als wäre das eine Selbstverständlichkeit.

»Alex, du musst das nicht machen.«

Er sah sie an. »Doch, ich muss und ich will.«

Sein Plan war verrückt. Und aufwendig und teuer ... Doch das erste Mal seit über zehn Jahren spürte sie einen winzigen Hoffnungsschimmer. Diesmal konnte sie den Impuls nicht unterdrücken. Bevor sie über die Konsequenzen nachdenken konnte, beugte sie sich zu ihm und gab ihm einen Kuss. Alex war sichtlich überrascht.

»Danke«, sagte sie schlicht.

Er umfasste ihr Gesicht mit seinen Händen und sah sie lange an. »Wir haben uns damals nicht mal verabschiedet.«

Als sie nickte, gab er ihr einen langen Kuss.

Sie wollte etwas sagen, doch er legte den Finger auf ihre Lippen. »Es war nur ein Kuss, mehr nicht«, erklärte er und legte seinen Arm um sie.

Emily hätte am liebsten geweint. Seit Ewigkeiten hatte sie niemand mehr geküsst und im Arm gehalten. Sie fühlte sich wie ein verlassener kleiner Hund, der so lange allein auf der Straße gelebt hat, dass er mit netten Worten kaum umgehen kann. Am liebsten wäre sie für immer mit Alex dort sitzengeblieben.

Ihre Gedanken wanderten zu ihrem Bruder. Sie hatte es bis jetzt noch nicht laut ausgesprochen, doch in Gedanken hatte sie es sich schon unzählige Male gefragt: Was, wenn er nicht mehr lebte? Was, wenn ihm etwas Schreckliches passiert war? Ihr schauderte. Alex schien zu ahnen, was in ihr vorging, denn er hielt sie noch fester.

* * *

Immer noch ans Dach gelehnt, gestützt von ein paar Kissen, schliefen sie irgendwann ein. Eine kleine Mücke, die an ihrem Ohr summte und wohl hoffte, neue Nahrung zu finden, weckte Emily. Wie spät war es?

Der Mond versuchte gerade, sich gegen den wolkenverhangenen Himmel durchzusetzen, was ihm nur teilweise gelang. Sie lag in Alex' Arm gekuschelt und betrachtete ihn, wie er friedlich neben ihr schlief. War das vielleicht doch eine zweite Chance für sie beide? Durfte sie sich wieder verlieben? Aber was, wenn das Schicksal wieder zuschlug? Das Gefühl, dass wieder etwas Schlimmes passieren könnte, wenn sie mit ihm zusammen war, kam zurück. Hatte sie sich deshalb entschieden, sich niemals wieder zu verlieben? Diese Zerrissenheit zwischen Liebe und Angst war damals furchtbar gewesen. Sie wusste, dass sie das nicht noch einmal durchstehen würde. Vorsichtig hob sie seinen Arm von ihrer Schulter und stand auf.

Durch die Bewegung wachte Alex auf. Emily sah auf die Uhr. Es war schon nach Mitternacht.

»Willst du hier übernachten?«, fragte sie. Er sah sie irritiert an. »Auf der Couch«, fügte sie schnell hinzu.

Verschlafen rieb er sich die Augen. »Klar«, antwortete er und lächelte.

Durch das Fenster stiegen sie zurück in die Wohnung.

Sie bemerkte seinen Blick, der auf die kleine beigefarbene Couch mit dem Blümchenmuster fiel. »Die lässt sich ausziehen«, erklärte sie rasch und baute die unansehnliche Sitzgelegenheit im Handumdrehen zu einem Bett um. In der Zwischenzeit holte er die Decken und Kissen vom Balkon.

Emily wünschte ihm hastig eine gute Nacht und verschwand in ihrem kleinen Schlafzimmer. Alex würde in ihrer Wohnung übernachten! Ihre Gefühle spielten hoffnungslos verrückt.

Kapitel 13

»Wo ist denn heute die Chefin?«

»Wie bitte?« Alex sah den Gast etwas verlegen an. Er war in Gedanken ganz woanders und hatte dem *Professor* gar nicht richtig zugehört. Heute trug dieser einen Dreitagebart, Jeans und ein sportliches Polohemd. Alex musterte ihn genauer. Sein Haar wies bereits einige graue Stellen auf, aber Alex fand, dass er ganz und gar nicht wie ein Professor aussah. Eher könnte er ein Journalist oder ein Geheimagent sein.

»Ich habe gefragt, wo die Chefin ist. – Sind Sie krank?«, erkundigte sich der Mann und betrachtete die Ringe unter Alex' Augen.

»Äh, Entschuldigung, ich hab nur schlecht geschlafen. Die Chefin kommt gleich. Aber ich verspreche, ich mache Ihnen einen genauso guten Kaffee wie sie«, antwortete er selbstbewusst.

»Gut, dann bin ich gespannt. Einen Espresso bitte.«

Alex nickte und ging zur Espressomaschine hinter der Theke. Emily war bereits in der Küche und fleißig dabei, Brötchen und Kuchen zu backen. Sie wirkte überhaupt nicht müde. Seit Laura im Café Emilys leckeres Gebäck anbot, hatte sich die Besucherzahl merklich erhöht. Einige Kunden kamen sogar nur, um Kuchen für den Verzehr zu Hause zu kaufen.

Alex nahm eines der hausgemachten Cantuccini und legte es auf die Untertasse. Damit konnte man jeden Espressotrinker besänftigen. Er stellte noch ein Glas Wasser auf das Tablett.

»So, bitteschön.«

»Danke«, sagte der *Professor.*

Alex' Blick fiel auf die Spiegelreflexkamera, die der Mann in einer ledernen Umhängetasche neben das Tischbein auf den Boden gestellt hatte.

»Sind Sie Fotograf?«, fragte er.

»Weil ich eine Kamera besitze?« Der Gast sah ihn verwundert an.

Alex lächelte. »Nicht irgendeine, das ist eine Leica. Die wissen doch heutzutage nur noch echte Foto-Enthusiasten zu schätzen.«

»Sind Sie ein Kollege?«, fragte der Mann und bestätigte damit Alex Vermutung.

»Ich studiere noch, Gestaltung. Fotografie gehört definitiv zu meinen Lieblingsfächern. In welchem Bereich sind Sie tätig?«, wollte Alex wissen.

»Ach, ich mache dieses und jenes, Berichterstattung überwiegend. Ich bin viel im Ausland unterwegs.«

»Echt?«

Der Mann zuckte fast gelangweilt mit den Achseln.

»So wie in dem Film *War Photographer*?«

Jetzt lachte er. »Na ja, so ähnlich«, erwiderte er knapp.

Alex nahm einen Stuhl und setzte sich zu ihm.

»Müssen Sie nicht arbeiten?«, fragte der Mann irritiert.

Alex schaute sich um. »Sie sind gerade der einzige Gast.«

Der Fotograf trank seinen Espresso in einem Zug aus.

»Der ist gut, nicht?«, fragte Alex.

»Nicht schlecht.«

»Also, ich habe da ein Projekt, bei dem ich Hilfe brauche«, sagte Alex.

»Fürs Studium?«

»Nein, nicht wirklich.« Er schaute sich im Café um und flüsterte nun fast: »Ich suche einen Mann in Marokko, der vielleicht seinen Sohn dorthin entführt hat.«

Der Mann sah ihn fragend an. »Und wie komme ich hier ins Spiel?«

»Vielleicht haben Sie ja ein paar Tipps für mich? Wo könnte ich denn vor Ort recherchieren, um mehr zu erfahren?«

»Wieso denken Sie, dass ich mich in Marokko auskenne?«

Alex wurde jetzt noch mutiger. Auf gut Glück sagte er: »Aber ich bitte Sie. Der *Arabische Frühling*, das haben Sie sich als Fotograf doch sicher nicht entgehen lassen?«

Wieder lachte der Gast. Er wirkte beeindruckt. »Ja, das ist richtig. Ich war mehrmals in Marokko. Aus welcher Stadt kommt denn der Gesuchte?«

Alex zuckte mit den Schultern. »Ich weiß es noch nicht, werde es aber hoffentlich bald herausfinden.«

»Dann kannst du hinfahren und dich vor Ort umhören. Aber auf eigene Faust hast du kaum Chancen. Wer sollte dir Infos geben? Du bist ein Fremder.«

Der Fotograf schien gar nicht zu merken, dass er zum *Du* gewechselt war, während er Alex' Hoffnung im Keim erstickte. Der junge Mann rieb sich die Stirn und meinte enttäuscht: »Es muss doch einen Weg geben.«

In diesem Moment betrat Laura das Café. »Hallo«, grüßte sie den Gast freundlich und Alex bemerkte, wie sich die Mimik des Fotografen veränderte. Lauras Lächeln konnte man nur mit einem Lächeln erwidern. »Schmeckt der Kaffee?«, fragte sie.

Er nickte. »Fast so perfekt wie bei dir.«

Sie kicherte und sagte mit gespielter Strenge: »Alex, ich bezahle dich nicht fürs Quatschen.«

Alex sah sie überrascht an. »Aber es ist doch niemand da.«

»Hast du schon draußen geschaut?«

»Sorry, ich gehe gleich mal raus.«

Tatsächlich saßen vor dem Café zwei junge Frauen, denen er den leckeren Apfel-Streusel-Kuchen empfahl. Als er wieder ins Café trat, um die Bestellung vorzubereiten, saß Laura am Tisch des Fotografen.

»Luca hat eine wunderbare Idee«, sagte sie.

Alex sah sie überrascht an. Luca? Seit wann nannte sie ihn Luca?

* * *

Emily rührte gerade Sahne, Milch, Honig und gemahlene Erdnüsse in einer Schüssel zusammen. Es war ihr erster Versuch, selbst Eis herzustellen. Als die Durchgangstür zum Gastraum aufschwang, zuckte sie zusammen. Laura und Alex kamen freudestrahlend herein.

»Wir haben gute Neuigkeiten!«, rief ihre Chefin.

Verblüfft blickte Emily erst zu Laura, dann zu Alex.

»Luca kontaktiert für uns einen Kollegen in Marokko und versucht, mehr über diesen Arzt herauszufinden«, erzählte Alex.

»Luca?«

»Ein Stammgast«, erklärte Laura.

»Ein War Photographer!«, ergänzte Alex.

Emily fragte verwirrt: »Was will er machen?«

Sie erklärten ihr den Plan. Im Nu war das selbst gemachte Eis vergessen und sie gingen zusammen zum Tisch des Fotografen. Alex und Emily gaben Luca alle Infos, die sie hatten, und dieser versicherte, dass er sich melden würde, sobald er mehr wisse. Nachdem er aufgestanden und gegangen war – die Rechnung ging dieses Mal aufs Haus – umarmte Emily zuerst Alex, dann Laura und bedankte sich. Sie hatte Tränen in den Augen.

Emily und Alex gingen zurück in die Küche, während Laura draußen nach den Gästen sah.

Alex flüsterte Emily zu: »Alles wird gut.« Sie lehnte ihren Kopf an seine Brust. Er streichelte ihr übers Haar und sie glaubte in diesem Moment seinen Worten. *Alles wird gut.*

Nachdem das Café geschlossen hatte, lud Laura alle auf ein Feierabendbier ein. Alex fragte sich, wann sie sich Lucas Telefonnummer hatte geben lassen – oder hatte sie sich schon vorher mit ihm verabredet? Jedenfalls war der Fotograf ebenfalls gekommen.

»Wir müssen damit rechnen, dass wir unter Umständen nichts herausfinden«, gab Luca gerade zu bedenken. »Oder dass der Junge doch nicht bei seinem Vater lebt.«

»Das weiß ich, aber ich möchte nichts unversucht lassen«, antwortete Emily und atmete tief durch.

Luca nickte und sie plauderten über unverfängliche Themen. Nach dem ersten Bier verabschiedete sich Emily. Alex sprang sofort auf, um sie nach Hause zu begleiten. Luca und Laura grinsten über seine Eile und sahen ihnen hinterher.

»Ist da was zwischen den beiden?«, fragte der Fotograf.

Laura zuckte mit den Schultern. »Ich weiß es nicht. Privat würde ich es ihnen schon wünschen. Aber fürs Geschäft ist es nicht so gut, wenn zwei Mitarbeiter etwas miteinander haben. Das führt zu Spannungen und geht oft nicht gut aus.«

Er nickte. »Wie lange besitzt du das Café schon?«, fragte er.

»Drei Jahre.«

»Bist du zufrieden?«

»Die ersten zwei Jahre liefen nicht so gut, doch mittlerweile kann ich davon leben und mit Emily habe ich den richtigen Riecher gehabt. Ihre Kuchen sind fantastisch und der absolute Renner.«

»Außerdem machst du den besten Kaffee in der Stadt«, erwiderte Luca.

Laura wurde rot und trank hastig ihr Bier aus.

»Die nächste Runde geht auf mich«, sagte Luca.

»Weißt du eigentlich, dass wir bislang dachten, du wärst ein Professor?«, fragte Laura und schmunzelte.

Er lachte. »Das ist jetzt kein Kompliment, oder? Ist mein Kleidungsstil so schlecht?«

Sie musterte ihn gespielt kritisch und verkündete: »Heute nicht.«

Insgeheim dachte sie: Wenn er aussah wie ein Professor, dann wie ein äußerst attraktives Exemplar. In seiner Gegenwart fühlte sie sich wohl wie in einer lauen Sommernacht. Schon als er das Café zum ersten Mal betreten hatte, hatte Laura gewusst, dass er anders war oder eher besonders. Er gefiel ihr und sie war froh, dass sie sich heute besser kennenlernen konnten.

»Du bist wahrscheinlich um die halbe Welt gereist?«, fragte sie, um ihre Verlegenheit zu überspielen.

»Überwiegend bin ich in den nicht so attraktiven Teilen der Welt unterwegs.«

»Gibt es nicht überall schöne Ecken?«

Er nickte. »Natürlich. In der Tat ist mein neuester Auftrag, in Kriegsgebiete zu fahren und das Schöne in all der Zerstörung zu fotografieren.«

Laura sah ihn bewundernd an. »Wie kommt man auf solch einen Beruf?«

Er zuckte mit den Schultern. »Ein Bürojob kam einfach nie infrage. Ich reise und fotografiere gern.«

»Und deshalb fährt man in Krisengebiete?« Sie hob ihre dunklen Augenbrauen.

»Nein, das hat sich irgendwie ergeben. Wenn man einmal so etwas miterlebt, möchte man immer wieder hin. Ist ein bisschen wie eine Sucht.«

»Wegen des Nervenkitzels?«, fragte sie.

»Ein wenig. Natürlich hofft man nebenbei immer ein

bisschen, die Welt verbessern zu können. Aber wahrscheinlich ist das naiv.«

Es entstand eine kurze Pause. Dann sah er wieder zu ihr und sagte: »Ich wollte vor ein paar Wochen auch nur einen Kaffee trinken und schau mich jetzt an, ich sitze mit der hübschen Chefin des Cafés am Tisch und trinke Bier.«

Sie wurde rot und musste lachen. Obwohl sie kaum etwas über ihn wusste, hatte sie ihm Dinge anvertraut, die sonst einem Gast nie zu Ohren kämen. Aber er hatte etwas Besonderes an sich. Sie hatte das Gefühl, ihm vertrauen zu können. Da war etwas Verwundbares, zutiefst Menschliches in seinem melancholischen Blick.

Kapitel 14

Die nächsten Tage vergingen wie in einer Art Fieber. Emily schwankte zwischen Euphorie und tiefer Traurigkeit, weil sie sich ständig alle möglichen Ausgänge der Geschichte vorstellte. Er würde gefunden und es ginge ihm gut, er wäre tot oder es gäbe keine Spur von ihm. Das erste Mal überhaupt verbrannte ihr der Biskuitteig. Laura kam gerade in diesem Moment in die Küche, weil es so intensiv roch.

»Emily, was ist denn los?«

»Ich weiß nicht, ich bin schrecklich nervös.«

Laura umarmte sie. »Ich kann verstehen, dass es aufregend für dich ist. Wir hoffen einfach alle, dass die Geschichte gut ausgeht, und geben nicht auf, okay?« Emily nickte. »So, und jetzt mache ich dir gute Musik an und dann backst du einfach einen neuen Boden.« Laura zeigte auf einen alten CD-Player, der in einem der Metallregale in der Küche stand. »Daneben steht eine Kiste mit meinen alten Lieblings-CDs.«

Emily warf einen Blick auf die überwiegend selbst gebrannten CDs.

»Hier, die ist gut. Die bringt dich auf andere Gedanken. Kennst du das Lied?«

Sie legte die Scheibe ein und kurz darauf war ein orientalisch klingender Titel zu hören.

Emily schüttelte den Kopf.

»Ja, dafür bist du zu jung.« Laura lachte. »Das war der Sommerhit 1988. Von Ofra Haza, einer israelischen Sängerin.«

Als Laura hinausgegangen war, seufzte Emily. Doch das beschwingte Sommerlied beflügelte sie tatsächlich. Unwillkürlich begann sie, im Takt zu wippen. Sie schloss die Augen und ließ die Musik auf sich wirken. Sie mischte die Zutaten für den neuen Biskuitboden. Biskuitteig war etwas Wunderbares. Sie liebte diese luftig-leichte Masse. Spontan beschloss sie, eine Pistazien-Himbeer-Rolle zu machen. Als sie die Pistazien, die vor wenigen Tagen aus Sizilien geliefert worden waren, in der Handmühle zerstieß, stieg ein intensiver Geruch in ihre Nase, der sie an den Orient erinnerte. Während sie das fast giftgrüne Pulver in den Teig rieseln ließ, dachte sie an die Zeit, als sie als Kind barfuß über Moos spaziert war und Walderdbeeren gesucht hatte. Die Creme machte sie ähnlich wie ihre Großmutter, mit Quark und Sahne. In die wunderbare, schneeweiße Masse warf sie die am frühen Morgen gekauften Himbeeren. Nachdem der Teig fertig war, strich sie die Füllung darauf und rollte das Ganze mit einem Tuch ein. Sie hackte noch eine Handvoll Pistazien zum Drüberstreuen klein. Der Duft von frisch gebackenem Kuchen erfüllte die Küche. Das erste Mal seit Langem hatte sie Lust, als Erste ein Stück davon zu essen.

Die Kreation war innerhalb einer Stunde ausverkauft. Die Gäste waren enttäuscht und verlangten nach mehr. An diesem Nachmittag bereitete Emily vier weitere Rollen zu. Kein anderer Kuchen war so begehrt. Immer wieder dachte sie an das Moos und die Walderdbeeren aus ihrer Kindheit. Nachdem sie alle Vorbereitungen für den nächsten Tag getroffen hatte, hatte sie große Lust auf etwas Deftiges, auf eine Currywurst. Mit Currywurst verband Emily ganz besondere Kindheitserinnerungen. Sie dachte dabei an die Zeit, die sie bei ihren Großeltern verbracht hatte. Ihr Opa hatte sie in den Sommerferien immer mit ins Schwimmbad genommen und dort gab es jedes Mal eine Currywurst. Oma hatte es ihnen natürlich stets übelgenommen. Zum einen, weil im Schwimmbad alles teuer war, zum anderen, weil sie unzählige Brötchen geschmiert hatte, die nahezu unberührt wieder bei ihr ankamen. Vom vierten bis zum siebten Lebensjahr hatte Emily überwiegend bei ihren Großeltern gelebt. Das war die schönste Zeit ihrer Kindheit gewesen. Doch dann waren beide bei einem Unglück in den Alpen gestorben.

Emily schüttelte den Kopf, um die traurigen Gedanken zu vertreiben. Sie machte Feierabend und ging zu einem winzigen Imbiss, einer Art Start-up, der nur Pommes und Currywurst verkaufte. Sie war gerade dabei, die leckere Sauce mit dem Rest ihres Brötchens aus der Pappschachtel zu kratzen, als ihr Telefon klingelte. Es war Alex.

»Kannst du ins Café kommen? Luca ist da.«

»Bin gleich da«, sagte sie und hatte plötzlich keinen Appetit mehr.

Sie warf den Rest Brötchen und ihren Abfall in den Mülleimer und lief eilig zurück zum Café. Der Fotograf saß an seinem Stammplatz. Neben ihm hatte Laura Platz genommen. Emily konnte sie bereits durch die Scheibe sehen. Sie unterhielten sich und ihre ernsten Mienen ließen Emily vermuten, dass es nicht viel zu feiern gab. Alex bediente draußen, wo die Gäste die Nachmittagssonne genossen. Er bemerkte sie gar nicht, so beschäftigt war er mit der Arbeit. Unruhig betrat sie das Café. Sie hatte Angst vor dem, was sie gleich erfahren würde, und rechnete mit dem Schlimmsten, um vorbereitet zu sein. Luca hatte sie bereits entdeckt und winkte ihr.

»Guten Tag, Emilia«, sagte er.

Emilia? Er dachte wohl, dass Emily nur eine Abkürzung sei. Emilia gefiel ihr viel besser als Emily. Doch ihre Mutter hatte nun mal ein Faible für amerikanische Namen. Nur klang Emily zusammen mit ihrem Nachnamen Keller nicht mehr exotisch, sondern eher witzig. Sie setzte sich und traute sich nicht, Luca in die Augen zu sehen.

Laura sagte: »Ich hole Alex«, und stand auf.

Als Alex zu ihnen gestoßen war, begann Luca zu erzählen: »Mein Mittelsmann hat recherchiert und tatsächlich etwas herausgefunden. Ein Arzt namens Karim Habib hat in Marokko gelebt, in Rabat.«

»Hat gelebt?«, fragte Emily.

»Erst mal der Reihe nach«, bat Luca. »Also mein Kontaktmann hat einen Freund in Rabat angerufen, der sich in dem entsprechenden Viertel umgehört hat.« Der Fotograf holte einen Zettel mit handgeschriebenen Notizen hervor und las die Details ab. »Wie es aussieht, hat Karim Habib dort bis vor fünf Jahren gewohnt. Mit seiner Frau und einem Sohn. Anschließend ist er nach Europa gezogen.«

»Und wohin?«

»Es heißt, nach Frankreich, Paris vielleicht.«

»Vielleicht?«, fragte sie entmutigt. »Und der Sohn?«

»Der Sohn war nach Aussagen der Nachbarn damals etwa acht Jahre alt.«

Emily starrte vor sich hin. »Dann wäre er heute dreizehn, aber Jason ist bereits fünfzehn. Also ist er es nicht.«

»Nicht unbedingt. Mein Mittelsmann versucht, über einen Bekannten in der marokkanischen Community in Frankreich herauszufinden, wo genau die Habibs leben. Es kann gut sein, dass er ein falsches Alter für seinen Sohn angegeben hat. Der Nachbar meinte natürlich, dass es der Sohn von Karim Habib und seiner Frau sei. Mein Bekannter hat dem Nachbarn die Kopie des Ausweisfotos gezeigt, die Alex besorgt hat, und er meinte, das sei Karim Habib.«

»Hat er ihm auch das Foto von Jason gezeigt?«, wollte Emily wissen.

Luca nickte. »Ja, aber der Nachbar meinte, dass sich alle kleinen Kinder irgendwie ähnlich sähen.«

»Wenn wir es schaffen, die neue Adresse herauszufinden, können wir auf eigene Faust weiterermitteln. Frankreich ist nicht weit weg«, meinte Alex. Er sah Emily an: »Wir könnten uns ein paar Tage freinehmen und hinfahren.«

Emilys Magen zog sich plötzlich zusammen und ihr Kopf dröhnte.

»Geht es dir nicht gut?«, fragte Laura besorgt.

Gequält sagte Emily: »Und was genau sollen wir auf dieser Reise herausfinden? Dass der Sohn doch nicht mein Bruder ist?«

Für einen Moment sagte niemand etwas.

»Wir müssen es probieren!«, entgegnete Alex.

»Ich weiß nicht, ob das etwas bringt«, antwortete Emily verzagt.

»Natürlich bringt es etwas«, widersprach Alex. »Im schlimmsten Fall erfahren wir, dass er nicht bei seinem Vater ist oder dass Karim Habib gar nicht sein Vater ist. Emi ... ich dachte, du wolltest unter allen Umständen herausfinden, wo Jason steckt.«

Faktisch hatte Alex recht. Doch ihr Herz sagte etwas anderes. Eine tief sitzende Angst quälte sie. Über die Jahre war es stets eine ihrer Hoffnungen gewesen, dass ihr Bruder bei seinem Vater war und es ihm gut ging. Wenn er aber nicht dort war, dann ging es ihm vermutlich nicht gut, dann lebte er womöglich nicht mehr. Es ging ihr gerade alles viel zu schnell. Sie hatte keine Kraft, weiter darüber nachzudenken.

»Ich muss darüber erst nachdenken. Es ist besser, ich gehe jetzt. Ich danke dir für deine Mühe, Luca«, presste sie hervor.

Luca nickte und sah sie verständnisvoll an.

»Wir dürfen so kurz vorm Ziel doch nicht aufgeben, Emi!«, hörte sie Alex Stimme, als sie auf die Straße trat. Warum konnte er sie nicht einfach in Ruhe lassen? Sie versuchte, die langsam aufkeimende Wut zu kontrollieren.

»Du meinst es gut, ich weiß, aber das bringt doch nichts. Nur weil du dich entschlossen hast, dein Gewissen zu beruhigen, werden wir ihn bestimmt nicht finden.« Ihre Stimme bebte. Sie wollte am liebsten schreien – *Lasst mich alle in Ruhe!*

»Ist es denn schlimm, dass ich mein Gewissen beruhigen möchte?«, fragte er und sah ihr in die Augen. »Ich möchte, dass du wieder glücklich sein kannst.«

»Und hierdurch willst du mich glücklich machen?«, fragte sie resigniert. »Du weißt doch gar nicht, wie die Sache ausgeht.«

Alex überlegte einen Moment, doch ihm fiel nichts ein, was er entgegnen konnte. Stattdessen ließ er den Kopf hängen und schwieg.

»Ich danke dir für deine Mühe, Alex. Aber ich möchte nichts überstürzen. Meine Hoffnungen sind in der Vergangenheit schon allzu oft zerstört worden.«

Emily musste weg, bevor sie ihn mit ihren Worten verletzte, deshalb ging sie mit hastigen Schritten davon.

Alex ließ jedoch nicht locker und folgte ihr. »Emily, du kannst nicht immer weglaufen!«, rief er.

Sie blieb stehen, ihre Augen funkelten vor Wut. Es war nicht weise gewesen, diese Worte jetzt zu sagen, das war Alex klar, sobald er sie ausgesprochen hatte.

Emily platzte heraus: »Weißt du, warum ich vor dir wegrenne, Alex? Wann immer ich dich sehe, werde ich an diesen Tag erinnert, an diesen schrecklichen Tag.«

Alex blieb wie versteinert stehen. »Das tut mir leid, Emily«, sagte er knapp.

Er wirkte so verloren, dass Emily es nicht mit ansehen konnte. Deshalb tat sie das, was sie wohl am besten konnte, wenn ihr Herz drohte, in kleine Teile zu zerbrechen: Sie rannte weg. Wieder hatte sie ihn verletzt. Diesmal folgte er ihr nicht.

Tränen liefen ihr übers Gesicht und das erste Mal seit Langem ließ sie ihnen freien Lauf. Sie konnte gar nicht mehr aufhören, zu weinen. Vor einer Kirche blieb sie stehen und setzte sich die Treppe, die zum Kirchenportal hinaufführte. Wann würde diese Hölle bloß aufhören, sie zu umgeben? Diese Ungewissheit? Sie konnte nicht mehr, die Last des Lebens schien ihr in diesem Moment einfach zu schwer. Sie merkte, wie Passanten sie besorgt anschauten, sich jedoch nicht trauten, sie anzusprechen. Anscheinend wollte sich niemand in die Angelegenheiten einer in der Öffentlichkeit weinenden Frau mischen.

Plötzlich hörte sie einen Gesang, der aus der Kirche kam: »*Put your burdens unto Jesus, for he cares for you ...*« Der Melodie nach zu urteilen, war es ein Gospellied. Sie schloss die Augen und lauschte den Worten. Es war schon lange her, dass sie in der Kirche gewesen war und eine Kerze für ihren Bruder angezündet hatte. Keine Instrumente, nur diese starken Stimmen drangen nach draußen. Es tat so gut, zu hören, dass es noch andere gab, deren Lasten zu groß waren. Wieder hatte sie Tränen in den Augen.

Als das Lied zu Ende war, konnte sie plötzlich freier atmen. Aus der Kirche ertönte nun der Klassiker *Amazing Grace*. Sie stand auf, ging die Treppe hinauf und warf einen Blick in die Kirche. Eine dunkelhäutige Frau, vermutlich eine Afroamerikanerin, bemerkte sie und gab ihr mit einer Handbewegung zu verstehen, dass sie reinkommen solle. Doch Emily traute sich nicht. Sie zog ihren Kopf zurück und setzte sich wieder auf die Treppe. Kurz darauf berührte sie eine warme Hand an der Schulter. Es war die Frau aus der

Kirche. Sie roch nach Kakaobutter und hatte kurzes, krauses Haar, das glänzte, als sei es eben vom Regen nass geworden. Sie hatte ein wunderbares Lächeln, ein Lächeln, das Emily sofort wieder Tränen in die Augen trieb.

»Wie ist dein Name?«, fragte die Frau mit starkem Akzent. Emily antwortete und die Frau stellte sich als Mary-Ann vor. Dann redete sie auf Englisch auf Emily ein. Doch sie verstand kaum etwas, weil die Frau einen ziemlichen Slang sprach. Mary-Ann zeigte auf Emilys Augen und die Tränen, die ihr übers Gesicht liefen. »*He cares for you*«, sagte sie langsam. Sie fragte: »*Problems?*«, und stampfte mit dem Fuß auf den Boden. Emily verstand, was sie sagen wollte. All ihre Probleme würden gelöst werden. Sie seufzte. Mary-Ann wiederholte die Bewegung. Emily nickte und dachte: *Schön wär's*. Auch wenn sie den Worten und Gesten der Frau glauben wollte, sie konnte es nicht. Die Tatsachen waren zu erdrückend. Sie stand auf, um zu gehen, und hob ihre Hand zum Abschied. Doch Mary-Ann nahm sie ohne Vorwarnung in den Arm und drückte sie an sich. Emily versank in der Umarmung, lehnte sich an die große Brust und atmete den Kakaobutter-Duft ein. Sie fühlte sich für einen kurzen Moment völlig geborgen. Die Frau hielt sie fest umarmt und streichelte ihr über das Haar. Dann ließ sie sie los und sagte: »*It will stop.*« Emily lächelte dankbar, drehte sich um und machte sich auf den Heimweg. Es ging ihr viel besser. Sie fühlte sich getröstet – von einer wildfremden Frau. Wie viel ein paar freundliche Worte doch wert waren!

Als sie vor ihrer Haustür stand, klingelte ihr Telefon. Es war die Pflegedienstleitung des Seniorenheims.

»Wolltest du nicht heute zu Heidi kommen?«

Das hatte sie völlig vergessen. Das erste Mal, seit sie Heidi pflegte, sagte sie: »Ich bin krank, ich kann nicht.«

Kapitel 15

Emily lag in ihrem Bett und fand keine Ruhe. Dieser Tag hatte so wunderbar angefangen, und jetzt? Der Gedanke an Alex schmerzte, sie versuchte, nicht an ihn zu denken. Stattdessen erinnerte sie sich an die Gospellieder, die sie gehört hatte, und an diese Frau. Sie fragte sich, ob all das wirklich passiert war. Ihre Augen waren rot und trocken. Sie offen zu halten schmerzte, deshalb schloss sie ihre Lider. Irgendwann schlief sie ein.

Am nächsten Morgen wäre sie am liebsten im Bett geblieben. Heidi gegenüber hatte sie ein schlechtes Gewissen. Sie traute sich kaum ins Café, denn sie wollte Alex nicht begegnen. Doch er war immer noch ein Arbeitskollege. Musste sie sich eventuell eine neue Arbeit suchen, um ihn nicht mehr zu sehen? Schon wieder neu anfangen? Nein, das konnte sie nicht. Die Arbeit war toll und machte ihr großen Spaß, so etwas würde sie nicht noch einmal finden. Plötzlich fiel ihr ein, dass Alex an diesem und am nächsten Tag frei hatte. Mit neuem Elan stand sie auf.

Im Café traf sie Laura und ihre Mutter. Seit Emily da war, half Gertrud nicht mehr in der Küche, sondern im Service. Emily begrüßte die beiden, ging anschließend direkt in die Küche und begann, Brötchen aus dem Teig zu formen, der über Nacht im Kühlschrank gestanden hatte. Den Teig für die Baguettes hatte sie ebenfalls schon am

Vortag vorbereitet. Bald schnitt sie Kreuze in die Brötchen und ritzte die Baguette an. Nach kurzer Backzeit verbreitete sich ein wunderbarer Duft in der Küche. Laura kam herein.

»Hast du kurz Zeit?«

Emily erschrak. Wollte sie ihr kündigen, weil sie Alex verletzt hatte, oder hatte er womöglich gekündigt? »Wenn es wegen gestern ist ...«

»Es ist nicht nur wegen gestern, sondern überhaupt, wegen dir und Alex.«

»Da ist nichts zwischen mir und Alex.«

»Da bin ich mir nicht so sicher. Gestern ist Alex nicht fähig gewesen, seinen Job zu machen.«

Emily nickte. »Oh.«

»Alex hat ja zwei Tage frei. Du hast also genug Zeit, dich auf das Wiedersehen vorzubereiten. Emily, er ist mein bester Kellner.«

Sie nickte wieder.

»Ich möchte ihn nicht verlieren. Aber bitte kündige nicht, weil du Alex nicht mehr sehen möchtest, bitte nicht!«, flehte Laura und lächelte dabei. »Ich brauche euch beide.«

»Verstanden.«

Emily ging zurück an ihre Arbeit. In der Mittagspause sah sie Luca. Er saß an seinem Stammplatz, las Zeitung und trank seinen heißgeliebten Espresso.

»Hallo Emilia! Darf ich dich eigentlich so nennen?«

Sie lächelte und nickte. »Gefällt mir eh viel besser als Emily.«

»Haben wir uns neulich zu sehr in deine Angelegenheiten gemischt?«

Luca war ein unglaublich charismatischer Mann. Seine Stirn wies viele Denkfalten auf. Der kurze Haarschnitt ließ ihn trotz der grauen Strähnen nicht alt aussehen, im Gegenteil, diese machten ihn noch attraktiver. Sie hatte den Eindruck, dass er, so wie sie, im Leben viel mitgemacht hatte.

»Ihr wolltet ja nur helfen«, antwortete sie daher.

»Das stimmt.« Er deutete ihr an, dass sie sich zu ihm setzen sollte. Emily stellte ihren Salat, den sie sich für die Mittagspause von zu Hause mitgebracht hatte, auf den Tisch und ließ sich auf dem freien Stuhl neben ihm nieder. Er legte die Zeitung weg.

»Wie hoch schätzt du die Wahrscheinlichkeit, dass es sich um meinen Bruder handeln könnte?«, fragte Emily zaghaft.

»Das kann ich dir wirklich nicht sagen.«

»Würdest du der Spur nachgehen?«

»Bestimmt. Aber ich bin Journalist und keine Tortenkünstlerin.«

Sie musste lachen. »Tortenkünstlerin?«

Er sah sie an und lächelte. »Ich war einmal in einer ähnlichen Situation. Eine Recherche, bei der es um eine verschwundene Person ging. In einem Krisengebiet.«

»Und?«

»Ich bin der Spur gefolgt, ganz allein.«

»Und dann?«

»Was ich herausgefunden habe, war nicht schön.«

»Genau davor habe ich Angst.«

»Das verstehe ich.«

Warum gab er ihr keinen Rat, wie alle anderen es taten? Er versuchte nicht einmal, alles schönzureden. Doch genau das half ihr. Es nützte doch nichts, so zu tun, als müsse es ein Happy End geben. Nachdenklich aß sie ihren Salat. Dabei fiel ihr auf, dass Laura immer wieder zu ihnen herübersah.

* * *

Seit sehr langer Zeit hatte Emily nicht von ihrem Bruder geträumt, doch jetzt passierte es drei Nächte hintereinander. Er sah in ihren Träumen immer noch so aus wie früher, aber gleichzeitig war er erwachsen geworden. Er rannte auf sie zu, doch er schien nie anzukommen, verfehlte sie stets. Sie schrie, er solle in ihre Richtung rennen, doch er lief immer an ihr vorbei. Sie weinte vor Verzweiflung. Die ganze Zeit nahm sie einen Schatten neben sich wahr. Sie drehte sich um und es war Alex. Doch er sah zu Boden.

Als Emily morgens aufwachte, war das Kissen nass. Spontan nahm sie ihr Telefon und wählte Alex' Nummer, doch er nahm nicht ab. Sicher würde sie ihn später im Café sehen.

Im Laufe des Vormittags versuchte sie mehrmals, ihn zu erreichen, doch nie ging er ans Telefon. Um 10 Uhr kam eine Mitarbeiterin herein, die Emily noch nicht kannte. Sie erzählte, dass sie heute Alex vertreten würde.

Emily fragte: »Ist er denn krank?«

»Nein, ich glaub, der hat Urlaub genommen.«

Überrascht sah Emily sie an. Dann ging sie zu Laura und erkundigte sich: »Stimmt es, dass Alex Urlaub genommen hat?«

»Ja, er hat eine Vertretung besorgt, deshalb war das kein Problem.«

»So plötzlich? Ist etwas passiert?«

Laura sah sie nachdenklich an: »Am besten fragst du ihn das selbst.«

Emily versuchte ein weiteres Mal, ihn anzurufen, doch wieder schaltete sich die Mailbox ein. Sie hatte es vermasselt. Wie hatte sie Alex nur so verletzen können?

Laura saß am Laptop und stellte gerade neue Fotos auf die Webseite des Cafés, als Emily zu ihr kam. »Hast du einen Moment Zeit für mich?«

»Klar. Was gibt's?«

»Dass ich es mit Alex vermasselt habe, weißt du ja.« Laura nickte. »Ich weiß nicht, was ich machen soll. Ich möchte mich bei ihm entschuldigen und erreiche ihn seit Stunden nicht.« Emily hatte einen dicken Kloß im Hals und es fiel ihr schwer, zu sprechen.

Laura seufzte. Sie nahm eine der Visitenkarten des Cafés und schrieb etwas darauf.

»Mehr sage ich nicht.« Mit diesen Worten reichte sie Emily die Karte. Darauf stand: *13:40, Gleis 1, Hbf Mannheim.*

Emily warf einen Blick auf die Wanduhr und fragte: »Kann ich heute früher Feierabend machen?«

Als Laura nickte, nahm sie ihren Rucksack und rannte los.

Kapitel 16

Alex saß auf seinem reservierten Platz im TGV. Er warf einen prüfenden Blick in seinen Rucksack – hoffentlich hatte er alles Nötige dabei. Es herrschte noch dichtes Gedränge auf dem Gang und einige Fahrgäste suchten ihre Sitze, andere prüften mit einem Blick auf die Anzeigen, welche Plätze noch frei waren. »Sorry«, »Entschuldigung«, schallte es durch das Abteil. Doch Alex achtete nicht darauf. Er überlegte gerade, wie er sich wohl in Frankreich ohne große Französischkenntnisse zurechtfinden würde, als sich auf der Höhe seines Sitzplatzes jemand an den anderen Fahrgästen vorbeidrängelte und mehrmals »Entschuldigung« murmelte. Diese Stimme kam ihm bekannt vor. Er sah hoch. Es war Emily, die da vor ihm stand. Im ersten Moment dachte er, sie wäre eine Halluzination. Doch sie war es leibhaftig, verschwitzt und außer Puste.

»Ist hier noch frei?«, fragte sie und deutete auf den Platz neben ihm.

Er zuckte mit den Schultern. »Wenn du reserviert hast«, versuchte er zu scherzen.

Nach einem Blick auf die Anzeigetafel, auf der nichts aufleuchtete, setzte sie sich. »Alex, es tut mir so leid, ich habe dich verletzt, obwohl du nur Gutes für mich wolltest.«

»Bist du deshalb hier, um dich zu entschuldigen?«

Sie nickte.

»Emily, das Schlimme ist nicht, was du gesagt hast, sondern die Tatsache, dass es stimmt.«

»Nein, Alex.«

»Doch, lass mich ausreden«, bat er. »Es stimmt, und ich wollte es nicht wahrhaben. Du hast es nur laut ausgesprochen.«

»Alex, es tut mir wirklich leid.«

Der Zug rollte langsam aus dem Bahnhof und Alex sah nachdenklich aus dem Fenster. Dann fuhr er herum und fragte: »Fährst du jetzt mit mir mit?«

»Ich weiß zwar nicht, wohin die Reise geht, aber ja. Vorausgesetzt, du wirfst mich nicht beim nächsten Halt aus dem Zug«, antwortete sie mit einem unsicheren Lächeln. Als er nichts erwiderte, sagte sie: »Ich habe bis Paris gebucht, wenn du weiterfahren willst ...«

»Ich fahre bis Paris«, unterbrach Alex sie. »Warum machst du das?«

»Weil ich dir zeigen möchte, dass es mir leidtut.«

»Ich fahre nach Frankreich, um mehr über deinen Bruder herauszufinden.«

Sie nickte stumm. Auch Alex schwieg und von da an wechselten sie kaum noch ein Wort. Die meiste Zeit starrten sie aus dem Fenster, nur ab und zu trafen sich ihre Blicke. Emily hatte selbst gemachte Schokocroissants eingepackt. Sie wusste, dass Alex diese sehr mochte. Doch er lehnte ab. Immer, wenn er aus dem Fenster sah, beobachtete sie ihn heimlich. Er sah noch besser aus als früher, und schon damals war er von vielen Mädchen angehimmelt worden. Sie wusste nicht, ob ihm das überhaupt bewusst war. Die stahlblauen Augen mit den langen Wimpern, das perfekte Profil, der lässige Dreitagebart. Er war schlank, fast drahtig, wie sie fand. Sogar sein Kleidungsstil beeindruckte sie, obwohl er nur normale Stoffhosen und ein gestreiftes T-Shirt trug. Ob er morgens vor dem Schrank stand und überlegte, was er anziehen sollte? Sie konnte es sich kaum vorstellen. Er hätte schon damals jedes Mädchen haben können, warum hatte er sich in sie verliebt? Sie sah sich selbst verstohlen im Fenster an. Schön fand sie sich nicht. Ihre Blicke kreuzten sich kurz in der spiegelnden Fensterscheibe. Doch er sah schnell wieder weg und ignorierte sie. Emily war nun auch nicht mehr nach einem Schokocroissant. Die Reise schien nicht enden zu wollen. Sie hatte kein Buch dabei und besaß kein intelligentes Telefon. Also blieb ihr nur das Beobachten der Menschen übrig oder das Starren aus dem Fenster.

»Was ist eigentlich mit deiner Semesterarbeit?«, fragte sie irgendwann.

»Die habe ich gestern schnell fertig gemacht und abgegeben. Gerade noch rechtzeitig.«

»Ich dachte, du hattest keine Idee?«

»Am Ende habe ich wieder meine erste Idee rausgekramt und schnell abgefilmt. Ist manchmal das Beste.« Er zuckte mit den Schultern. »Mal sehen, wie es ankommt.«

Nach einem Blick auf die Uhr trat Emily auf den Flur, um im Seniorenheim anzurufen. Sie erklärte, dass sie ein paar Tage nicht kommen würde. Die Pflegedienstleiterin war nicht erfreut, da die Pflegerinnen durch Emily entlastet wurden. Aber da sie nicht offiziell angestellt war, konnte sie ihr nichts vorschreiben. Emily ließ sich zu Heidi durchstellen, um ihr alles zu erklären. Die alte Dame war überhaupt nicht sauer auf sie. Im Gegenteil, sie ermutigte Emily: »Wenn es dir hilft, endlich glücklich zu werden, solltest du keine Sekunde zögern.«

Anschließend telefonierte sie mit Laura. Ihre Chefin nahm es gelassen: »Hab mir schon gedacht, dass du wegfahren wirst. Eigentlich hast du ja nach so kurzer Zeit noch keinen Anspruch auf Urlaub und die Kunden werden enttäuscht sein. Aber ich kann dich verstehen. Melde dich bitte, wenn du wieder da bist. Sicher kann meine Mutter für dich einspringen.«

Nach drei sehr langen Stunden kamen sie endlich in Paris an.

»Hast du eigentlich ein Zimmer?«, fragte Alex, als sie am Bahnsteig standen.

Sie schüttelte den Kopf. »Dafür hatte ich keine Zeit. Ich wusste ja nicht einmal genau, wo du hinfährst.«

»Ich frag mal nach, ob sie in der Wohnung, die ich über Airbnb gebucht habe, noch ein Bett für dich haben.« Er holte sein Telefon heraus und tippte etwas.

»Wir haben noch etwas Zeit, bevor der Zug dorthin fährt«, meinte er. »Möchtest du dich ein wenig umsehen?«

Emily nickte und sie verließen den Bahnhof. Die Straßen waren überfüllt. Emily hatte sich Paris irgendwie anders vorgestellt, romantischer, doch es war eine Großstadt wie jede andere – zumindest in der Nähe des Bahnhofs. Sie fühlte sich unwohl.

Kurz darauf erhielt Alex eine Antwort. Er sah auf das Display und meinte: »Sie haben noch Platz für dich.«

»Danke«, sagte sie. »Darf ich dich zum Abendessen einladen?«

Er nickte. »Aber ich habe gehört, dass das Essen hier schlecht sein soll.«

»In Paris?«, fragte sie überrascht.

»Und vollkommen überteuert.«

»Dann koche ich uns etwas in der Wohnung. Etwas Französisches.« Sie lächelte und gab sich die größte Mühe, freundlich zu sein.

»Wenn du unbedingt möchtest.«

»Ja, das möchte ich.«

Sie gingen zurück zum Bahnhof und nahmen einen Regionalexpress, der sie in einen Vorort von Paris brachte. Ihre Unterkunft befand sich in der Drei-Zimmer-Wohnung eines jungen Pärchens. Die Vermieter waren noch nicht da, sie hatten Alex geschrieben, dass sie nach der Arbeit noch zum Sport gehen wollten. Deshalb händigte ihnen eine Nachbarin den Schlüssel aus.

Drinnen sahen sie sich um. Die Küche war groß und gut ausgestattet. Emily entschied, etwas mehr zu kochen, damit sie die Vermieter dazu einladen konnten. Alex wollte seinen Recherchen nachgehen, während sie den nächsten Supermarkt aufsuchte. Emily fragte sich, ob er ihr aus dem Weg ging. Rasch leerte sie ihren Rucksack und verließ das Haus.

Auf dem Weg zur Wohnung hatte Emily einen großen Laden gesehen. Als sie ihn betrat, fühlte sie sich wie im Himmel. Das Geschäft war perfekt sortiert und das Angebot so groß, dass sie nicht wusste, für was sie sich entscheiden sollte. Frische grüne Erbsen stachen ihr ins Auge. Außerdem packte sie etwas Minze ein. Dazu würde sie Reibekuchen mit Salbei machen. Ein Nachtisch musste natürlich auch sein. Sie kaufte Tomaten, die es in allen Farben und Formen gab, Käse und leckere französische Pastete, schließlich brauchten sie etwas zum Frühstück am nächsten Tag.

Mit einem vollen Rucksack und gut gelaunt kam sie zurück. Beim Kochen fühlte sie sich gut, sie hatte immer das Gefühl, andere damit glücklich zu machen. Alex saß immer noch vor seinem Laptop und das Pärchen war noch nicht zu Hause. Emily begann damit, die Erbsen zu pulen, zupfte die Minzblätter von den Stängeln und schnitt ein Stück Butter ab. Die Kartoffeln sahen aus, als ob sie gerade frisch vom Feld kämen. Sie schälte sie und schnitt sie in grobe Stücke. Als Nachspeise wollte sie Eclairs backen. Die hatte sie schon lange nicht mehr gegessen und Paris verlangte fast danach. Nach über zwei Stunden war sie fertig und betrachtete alles. Es passte nicht so wirklich zusammen, doch das war ihr egal. Eclairs ohne eigene Geräte zu backen, war eine Herausforderung und hatte sie die meiste Zeit gekostet. Sie rief nach Alex.

Als er in die Küche kam, rief er aus: »Wow, das sieht wirklich gut aus!«

Sie lächelte. »Das freut mich.«

Die Erbsen waren ganz frisch und entwickelten mit der Minze und der Butter einen wunderbaren Geschmack, auch die Salbei-Reibekuchen mit Fleur de sel waren ihr gelungen.

Alex genoss das Essen sichtlich und meinte immer wieder: »Sehr lecker!«

Emily war glücklich. *Das ist doch mal ein Anfang*, dachte sie, sagte aber: »Dafür sieht die Küche katastrophal aus.«

Zum krönenden Abschluss holte sie die Eclairs. Die Schokoladenglasur glänzte. Sie hatte sie in der Mitte durchgeschnitten und mit einer Vanillecreme gefüllt. Vorsichtig bissen sie hinein. Alex, der normalerweise ihre Kreationen in den Himmel lobte, sagte diesmal nichts, obwohl es ihm zu schmecken schien.

Emily gehörte zu den langsamen Essern. Während Alex schon fertig war, hatte sie gerade die Hälfte ihres Eclairs verspeist. Plötzlich öffnete sich die Tür und die Vermieter traten ein, bepackt mit Einkaufstüten. Nun freute sich das junge Paar sichtlich über das unerwartete Abendessen. Als Amira und Olivier gegessen hatten, setzten sie sich mit Emily und Alex ins Wohnzimmer. Beide sprachen Englisch, sie etwas besser als er. Es war eine gesellige Runde. Sie waren beide Ärzte im Praktikum, das hatten sie in ihre Airbnb-Anzeige geschrieben. Ein Grund mehr für Alex, genau diese Unterkunft zu wählen. Tatsächlich kamen sie schnell auf den Grund der Reise zu sprechen. Amiras Neugier war sofort geweckt, das konnte Emily sehen.

»Wie heißt der Typ?«, fragte ihr Mann. »Ich kann nachschauen, ob er eventuell bei uns arbeitet.«

»Karim Habib.«

»Noch nie gehört. Aber das heißt nichts. Ich werde mich schlaumachen.«

Alex beobachtete die beiden mit einem Anflug von Neid. Olivier war ein eher kleiner, rothaariger Mann, der nicht unbedingt dem französischen Männerbild entsprach. Amira hatte olivbraune Haut und dunkle Haare. Äußerlich passten sie nicht so richtig zusammen, trotzdem spürte man die innige Verbindung zwischen ihnen.

Olivier holte eine Flasche Wein und Amira stellte den obligatorischen Käse auf den Tisch, den sie gleich fachgerecht anschnitt. Für jede Sorte gab es ein eigenes Messer und bestimmte Regeln, ob der Käse in Streifen oder eher wie eine Torte geschnitten werden musste.

»Wir sind schon fünf Jahre zusammen und denken an Kinder«, erzählte Amira. Sie nippte an ihrem Wein und fragte lächelnd: »Wollt ihr auch Kinder?«,

Emily kicherte verlegen. »Ich möchte unbedingt Kinder, aber noch nicht jetzt.«

»Warum denn nicht? Es ist doch verrückt, alle wollen mit Kindern warten, bis sie alles andere erledigt haben und dann sind sie irgendwann Mitte dreißig.«

»Wir sind aber nicht mal Mitte zwanzig«, wandte Alex ein.

»Genau das passende Alter«, konterte Amira und lachte. »Ich bin Ende zwanzig, da tickt die Uhr schon.« Sie wackelte mit dem Kopf, sodass ihre Locken auf und ab hüpften. »Tick, tack, tick, tack ...«

»Klingt, als brauchten wir Romantik«, rief Olivier schmunzelnd.

Er sprang auf, machte Musik an und forderte seine Frau zum Tanzen auf.

»Kommt, macht mit!«, forderte Amira ihre Gäste auf, als sie sich lachend im Kreis drehten.

Alex und Emily sahen die beiden mit großen Augen an. »Ich bin kein guter Tänzer«, gab Alex zu.

Emily nickte. »Ich auch nicht.«

»Ihr Deutschen seid so furchtbar steif!«, zog Amira sie auf.

Die beiden waren ausgezeichnete Tänzer. Emily hätte das Olivier gar nicht zugetraut. Als ein langsames Lied folgte, rief Olivier: »Komm, Alex, fordere die Dame zum Tanzen auf, trau dich!«

Beiden war die Situation sehr unangenehm, doch noch unangenehmer wäre es gewesen, zu erzählen, warum sie nicht miteinander tanzen wollten. Daher stand Alex auf und forderte Emily zum Tanzen auf. Sie blickte zu Boden, doch sie nahm seine Hand. Amira und Olivier schoben die beiden Sessel etwas zur Seite. Es lief eine alte Ballade aus dem Film Dirty Dancing: *She's like the wind*. Während Olivier und Amira eng umschlungen ihre Körper zu den Klängen der Musik bewegten, wippten Emily und Alex nur steif hin und her.

Emily wusste, dass sie kein Paar waren, dass zwischen ihnen eine tiefe Schlucht verlief, und trotzdem schloss sie die Augen und ließ sich von der Musik treiben. Sie fühlte sich wie damals, als sie das erste Mal miteinander getanzt hatten, und dennoch war es anders. Sie waren keine Kinder mehr, sondern erwachsen. Jeder mit dem Päckchen seines Lebens auf den Schultern. Doch das Liebeslied schaltete das Jetzt aus und sie verlor sich in einer Traumwelt, in der es keine Vergangenheit gab. Das unbeholfene Wippen ging in leichte, rhythmische Bewegungen über und ihre Körper schmiegten sich aneinander. Beide atmeten den Duft des anderen ein. Sehnsucht lag in der Luft. Sie lehnte ihren Kopf an seine Schulter und es fühlte sich vertraut an. Alex ging es genauso. Alles war damals so perfekt, aber viel zu früh zu Ende gewesen. Jetzt sahen sie einander in die Augen, ihre Herzen klopften fast hörbar und sie lächelten sich an. In diesen wenigen Minuten war alles gut. Sie waren jung, verliebt und unbeschwert. Alex vergaß die Geschehnisse der letzten Tage, sah nur diese Augen und wollte Emily küssen. Doch in diesem Moment war das Lied vorbei, ein anderes folgte und sie blieben stehen, zurück in die Gegenwart katapultiert, in die die Vergangenheit ihre langen Tentakel ausgestreckt hatte. Verlegen setzten sie sich wieder auf das Sofa.

»Ihr müsst einfach mehr üben. Aber für den Anfang war es doch ganz gut«, ermutigte Amira sie.

Ihre Gastgeber ließen sich auf den beiden Sesseln gegenüber der Couch nieder und erzählten von Paris, und dass sie ihr freies Zimmer vermieten wollten, solange sie noch keinen Nachwuchs hatten.

»Wie sind denn eure Erfahrungen mit der Zimmervermietung bisher?«, wollte Emily wissen.

»Gut. Aber wir machen es erst seit ein paar Monaten.

Bislang haben wirklich nur nette Leute hier übernachtet. Wie ihr zum Beispiel.«

»So gut wie von Emily wurden wir aber noch nie bekocht!« Olivier lachte. »Alex, du Glückspilz, Amira ist wunderbar, aber sie kann leider nicht kochen.«

»Hey, stimmt gar nicht, ich mache ein gutes Omelett.«

»Wenn es nicht verbrennt«, stichelte er.

Sie schlug ihm spielerisch auf den Arm und er küsste sie.

»Zum Glück gibt es hier in der Stadt zahllose Lieferservices«, meinte sie grinsend. »Und das Essen in der Krankenhauskantine ist manchmal besser als sein Ruf.«

Als Olivier und Amira sich schon längst verabschiedet hatten und in ihrem Schlafzimmer verschwunden waren, saßen Emily und Alex immer noch auf der Couch und zappten durch die französischen Kanäle. Schließlich gähnte Emily und fragte: »Sag mal, wo soll ich hier im Wohnzimmer eigentlich schlafen?«

Alex sah sich um. Es gab kein Schlafsofa, nur die kleine Zweisitzer-Couch, auf der sie gerade saßen. Hier würde sich Emily kaum ausstrecken können.

»Sie haben doch gesagt, dass es kein Problem sei, im Wohnzimmer zu schlafen, oder?«, fragte Emily, die seinen Blicken folgte.

Alex las noch einmal die Textnachricht. »Sie haben geschrieben, es sei kein Problem, dass noch jemand dazukommt. Irgendwie haben wir wohl aneinander vorbeigeredet«, bekannte er zerknirscht.

»Ich traue mich nicht, sie zu wecken«, sagte Emily.

»Von mir aus kannst du im Zimmer schlafen.«

Emily konnte doch unmöglich Alex sein Bett wegnehmen, nachdem sie ungebeten mit auf diese Reise gekommen war. Sie versuchte, das kleine Sofa auszuziehen, doch es war nicht dafür vorgesehen. Schließlich sagte sie resigniert: »Ich könnte in deinem Zimmer auf dem Boden schlafen, dann sehen die beiden es nicht.«

»Das musst du nicht. Ich hoffe nur, dass du keine Schnarcherin bist.«

Sie musste grinsen und schüttelte den Kopf.

Nachdem sich beide bettfertig gemacht hatten, gingen sie in das Gästezimmer, in dem ein Bett von 1,40 Meter Breite stand. Obwohl sie schon einmal Zärtlichkeiten ausgetauscht hatten, war es Emily peinlich, neben Alex zu liegen. Sie kroch fast lautlos unter die Bettdecke, nur mit T-Shirt und Slip bekleidet, denn sie hatte keinen Schlafanzug eingepackt. Es fühlte sich furchtbar komisch an. Sie schloss ganz fest die Augen und hoffte, bald einzuschlafen. Doch sie schaffte es nicht. Stattdessen lag sie wie festgefroren da und bewegte sich kaum. Irgendwann nahm sie ein tiefes, gleichmäßiges Atmen neben sich wahr und atmete erleichtert auf. Trotz ihrer Müdigkeit und den zwei Gläsern Wein, die sie getrunken hatte, lag sie gefühlt die ganze Nacht wach. Die Gewissheit, neben Alex zu liegen, wühlte sie auf, doch irgendwie beruhigte sie sie gleichzeitig auch. Sie fühlte sich glücklich und spürte, dass sie sich wieder in ihn verliebte. Aber trotz der Schmetterlinge im Bauch überkam sie eine große Angst davor, dass wieder etwas Schlimmes passieren könnte.

Irgendwann musste sie doch eingeschlummert sein,

denn als sie die Augen öffnete, lag sie allein im Bett. Emily stand auf und sah sich in der Wohnung um. Weder Alex noch ihre Gastgeber waren zu sehen. *Seltsam*, dachte sie und strich sich über ihr müdes Gesicht. Warum war Alex bloß ohne sie losgegangen? Sie verstand es nicht.

Kapitel 17

Emily hatte sich die Spurensuche irgendwie anders vorgestellt. Mehr so, wie sie es aus zahllosen Filmen kannte.
Doch statt irgendwo mit gezückter Kamera hinter einer
Ecke zu lauern, saß sie allein in der kleinen Wohnung und
wusste nicht, was sie machen sollte. Nachdem sie gefrüh-
stückt hatte, entschied sie sich, das Haus zu verlassen. Sie
nahm ihren Rucksack und schloss die Tür hinter sich.

In der Vorstadt, in der Amira und Olivier wohnten, war
es nicht besonders romantisch. Nachdem sie ein paar Straßen mit hübschen Reihenhäusern entlanggeschlendert war,
beschloss Emily, in die Stadt zu fahren, um wenigstens den
Eiffelturm und Notre Dame zu sehen. Ihr fiel auf, dass sie
überhaupt nicht wusste, wo sie sich befand. Zum Glück
fand sie in der Nähe des Bahnhofs eine Buchhandlung, die
auch englischsprachige Reiseführer verkaufte. Sie orien-
tierte sich anhand des darin enthaltenen Stadtplans und
wenig später saß sie in einer fast leeren Metro und überlegte, wo sie aussteigen könnte. Die Bahn füllte sich von
Station zu Station mehr mit Touristen und Emily entschied, mit der größten Menschentraube auszusteigen. Das
erwies sich als Glücksgriff, denn als sie draußen stand,
konnte sie den Eiffelturm bereits gut sehen. Plötzlich war
es sehr voll, überall wuselten Menschen, die meisten waren
vermutlich Touristen. Sie ließ sich einfach von der Masse
in Richtung Turm treiben. Es war beeindruckend, diesen
Turm endlich mal aus der Nähe zu sehen und nicht nur auf

Postkarten. Lange Schlangen von Menschen aus der ganzen Welt standen davor und warteten darauf, in die überfüllten Aufzüge gedrängt zu werden. Die meisten Touristen hatten die obligatorischen Selfiesticks in der Hand, trugen Paris-T-Shirts oder Paris-Taschen. Es war spannend, sie zu beobachten. Plötzlich klingelte ihr Telefon. Es war Alex.

»Was machst du?«

»Bin am Eiffelturm.«

»Alles klar. Ich komme dorthin.«

Emily versuchte, Alex möglichst genau zu erklären, wo sie sich befand. Während sie auf ihn wartete, vergaß sie fast den Grund ihrer Reise. Sie fühlte sich wie eine Touristin.

Nach einer halben Stunde erblickte sie ihn in der Menschenmenge. Über seiner Schulter hing eine Fotokamera. Als er ihren interessierten Blick sah, erklärte er: »Die habe ich mir vor ein paar Wochen gekauft. Sie hat eine tolle Filmfunktion, ich habe sie für meinen Kurzfilm benötigt, du weißt schon, meine Semesterarbeit.« Er lachte auf. »Tja, bei unserer Detektivarbeit kann die Kamera sicherlich ebenfalls nützlich sein.«

»Wo warst du denn?«

»Ich war mit Amira und Olivier im Krankenhaus.«

»Und?«

»Leider haben wir nichts herausgefunden. Doch sie haben mir eine Liste mit Kliniken in ganz Frankreich gegeben. Amira hatte noch den Tipp, dass er vielleicht Urologe sein könnte. Das ist wohl ein sehr traditioneller Beruf in den arabischen Ländern.«

»Aha, und wie wollen wir ihn finden?«

»Indem wir die einzelnen Krankenhäuser nach dem Namen durchsuchen. Wir können nach und nach die Kliniken abfahren und uns dort umhören.«

»Können wir seinen Namen nicht einfach bei Google eingeben?«

»Schön wär's. Das habe ich schon in Deutschland versucht, denn die meisten Ärzte stehen mittlerweile auf den Webseiten der Krankenhäuser.«

»Echt?«

Er nickte, als ob er den ganzen Tag nichts anderes täte, als im Netz nach Ärzten zu suchen.

»Leider kein Karim Habib«, fügte er bedauernd hinzu.

Einen Moment schwiegen beide.

»Warst du schon mal oben?«, fragte Emily unvermittelt.

Er sah zur Spitze des Eiffelturms und schüttelte den Kopf. »Nein, als wir damals während der Klassenfahrt hoch wollten, war der Aufzug kaputt. Und du?«

Sie schüttelte ebenfalls den Kopf. »Ich war noch nie in Paris.«

»Hast du wirklich Lust, dich in die Touri-Schlange zu stellen?«

»Nö, eigentlich nicht. Aber während ich gewartet habe, habe ich gesehen, dass man auch zu Fuß hochgehen kann. Vor der Treppe ist die Schlange sehr kurz.«

Sie zeigte auf einen Seiteneingang, wo tatsächlich nur ein paar Touristen anstanden. Alex schaute sie ungläubig an. Zögernd sagte er: »Ich bin in letzter Zeit nicht so fit, aber okay, lass es uns versuchen.«

Emily lächelte ihn erfreut an und kaufte zwei Tickets für

den Fußweg auf den Turm. Als Alex ihr das Geld dafür geben wollte, sagte sie: »Ich bezahle. Danke, dass ich dich nach Paris begleiten durfte.«

»Gern.«

Nach einer kurzen Wartezeit begannen sie, die Stahltreppen hochzulaufen. Alex mochte keine hohen Gebäude. Je höher sie kamen, desto unwohler fühlte er sich. Emily schien es nichts auszumachen. Sie erklomm die Stufen ohne sichtbare Anstrengung. Bald war sie so viele Stufen vor ihm, dass er ihr Profil sehen konnte. Er betrachtete sie, als sähe er sie zum ersten Mal. *Nur nicht an die Höhe denken!* Dabei bemerkte er, wie ein italienischer Tourist auf sie aufmerksam wurde und sie anlächelte. Als Emily den Mann anstrahlte, fühlte Alex einen Stich in der Magengegend. Langsam ging er weiter. Bald hatte er Emily eingeholt, die stehen geblieben war, um auf ihn zu warten.

»Du siehst etwas blass aus, geht es dir nicht gut?«, fragte sie.

»Doch, doch, alles gut, es ist nur so warm heute.«

»Das stimmt«, antwortete sie und ging nun viel langsamer neben ihm her.

Als sie endlich an der ersten Aussichtsplattform angekommen waren, musste Alex sich setzen. Emily holte eine Flasche Wasser aus ihrem Rucksack und bot ihm etwas zu trinken an. »Danke, dass du mitgekommen bist, obwohl du Höhenangst hast.«

»Höhenangst? Ich hab doch keine Höhenangst!«

Emily lächelte wissend und ließ ihn allein, damit er wieder zu Atem kommen konnte. Sie spazierte auf der Plattform herum und genoss die Aussicht. Alex sah aus dem Augenwinkel, dass plötzlich der Italiener neben ihr stand. Ob es einer dieser uralten Instinkte war, den Gegner zu eliminieren oder einfach pure Eifersucht? Alex konnte nicht anders, er wollte den Typen loswerden. Obwohl er gern sitzen geblieben wäre und sich auf seiner Stirn viele kleine Schweißperlen gebildet hatten, stand er langsam auf und ging auf die beiden zu. Er versuchte, nicht hinunterzuschauen. Vor allem gab er sich Mühe, das Stahlkonstrukt zu ignorieren. Schon beim Hochlaufen hatte er sich gefragt, ob dieses Ding überhaupt so viele Menschen aushalten konnte. Schließlich war es über hundert Jahre alt. Diese alten, verrosteten Schrauben überall, die sahen nicht sehr stabil aus. Was, wenn es windig wurde? Alex musste sich wieder kurz hinsetzen.

Als er bemerkte, dass Emily und der Italiener zu ihm herübersahen, zwang er sich, wieder aufzustehen, und ging langsam auf die gegenüberliegende Seite der Aussichtsplattform. Nun konnte er den Italiener genauer betrachten. Er war attraktiv, braun gebrannt, dunkelhaarig und strotzte nur so vor Leben und Freundlichkeit, was Alex von sich selbst in diesem Moment nicht gerade behaupten konnte. Obwohl Emily ihm das Herz gebrochen hatte und er wütend und traurig war, störte ihn dieser andere Mann. Dem würde er den Sieg nicht gönnen.

»Sollen wir noch eins höher oder lieber absteigen?«, fragte Emily.

»Wir können gern wieder runtergehen«, antwortete er kleinlaut. Als sie ihn jedoch etwas mitleidig anlächelte, fühlte er sich in seiner Ehre als Mann gekränkt und sagte: »Obwohl, nein, ich wollte eigentlich schon immer sehen, wie die Aussicht von der oberen Plattform ist.«

»Geht es dir wirklich gut? Du siehst blass aus«, schaltete sich der Italiener in gebrochenem Englisch ein.

»Alles gut, danke.«

Der Mann lächelte Emily an und nickte. »Ich gehe schon mal hoch.«

Kurz darauf brachen auch Alex und Emily auf, sie ging voraus und er wusste, dass es jetzt kein Zurück mehr gab.

»Hier ist noch Platz«, begrüßte sie ihn von ihrer Bank, als er endlich oben angekommen war. Alex setzte sich dankbar neben sie. »Ist es sehr schlimm?«, fragte sie besorgt.

Er zuckte mit den Schultern. »Schon.«

»Ich laufe einmal um die Plattform, und danach können wir mit dem Aufzug runterfahren, okay?«

Er nickte erschöpft, doch dann überwand er sich dazu, die Kamera in die Hand zu nehmen und ein paar Fotos und einen Filmclip von seiner Position aus aufzunehmen. So konnte er sich wenigstens einreden, dass der Aufstieg sich für etwas gelohnt hatte. Es fühlte sich wie eine Ewigkeit an, aber irgendwann kam Emily zurück, mit dem braun gebrannten Südeuropäer an ihrer Seite. Er hatte keine Kraft, etwas dagegen zu unternehmen. Er wünschte sich nur, wieder festen Boden unter seinen Füßen zu spüren.

Kapitel 18

»Endlich fester Boden! Mann, das war ganz schön hoch!«, rief er aus und konnte endlich wieder lachen.

Emily stand amüsiert daneben und lächelte. »Jetzt bist du wieder der alte Alex.«

»Das da oben war ein Hauch von mir.«

»Warum bist du denn überhaupt hochgegangen?«

»Ich dachte nicht, dass es so schlimm werden würde.«

Emily kicherte und nach einer kurzen Pause fiel er in ihr Lachen ein. Es tat gut, über sich selbst lachen zu können.

* * *

In den nächsten Tagen gingen sie unzählige Webseiten von Krankenhäusern durch und besuchten alle Kliniken in Paris und der näheren Umgebung. Meist fanden sie eine Krankenschwester oder eine Putzfrau, die gegen ein Trinkgeld bereit war, mit ihnen über die Ärzte zu sprechen. Doch niemand konnte sich an einen Karim Habib erinnern. Die einzigen Highlights waren Besuche in Pariser Cafés oder das leckere Abendessen, das Emily täglich kochte. Alex filmte und fotografierte regelmäßig, bestimmt konnte er etwas davon einmal für ein Projekt gebrauchen.

Sie waren zwar ein gutes Team und Olivier und Amira kamen nicht auf die Idee, dass sie kein Paar waren. Doch sie selbst spürten, dass der Schein trog und die Atmosphäre angespannt war. Emily wünschte sich oft, ihre harten Worte zurücknehmen zu können. Konnte Alex sie nicht einfach vergessen? Wenigstens sprach er sie nicht mehr darauf an.

Sie gingen gerade am Seine-Ufer entlang, als Alex' Telefon klingelte. Er nahm ab, sagte immer wieder ernst »Yes« und legte schließlich auf.

»Das war Amira. Sie rät uns, nach La Rochelle zu fahren«, erzählte er.

»Warum?«

»Sie haben einen Tipp bekommen. Unser Doktor ist wohl irgendwann nach La Rochelle weitergezogen, wo er in einer kleinen Klinik arbeitet.«

Emily konnte sich vor Anspannung nicht rühren.

»Bist du bereit dazu, dorthinzu reisen?«, fragte Alex sanft.

Sie nickte, obwohl sie nicht einmal wusste, wo sich dieser Ort befand. Kurz entschlossen kehrten sie in die Wohnung zurück, um zu recherchieren, wo der Ort lag und wie sie am besten dorthin reisen konnten. Bis Amira und Olivier von der Arbeit kamen, hatten Alex und Emily bereits eine Unterkunft in der Nähe der kleinen Hafenstadt an der Atlantikküste gebucht. Emily war so aufgeregt, dass sie nicht in der Lage war, etwas zu kochen. Stattdessen bereitete Alex einen Salat zu und es gab wie jeden Abend Wein.

»Wie hast du diese Spur gefunden?«, wollte Emily von ihrer Gastgeberin wissen.

»Es hat mir einfach keine Ruhe gelassen«, sagte Amira. »Vielleicht habe ich auch zu viele Sherlock-Holmes-Filme geschaut.« Sie lächelte. »Mein Vater kommt aus Nordafrika, die dortige Kultur ist mir deshalb gut bekannt. Und so habe ich meine eigenen Recherchen angestellt.«

Sie gab ihnen einen Zettel mit der Anschrift einer Privatklinik. Wieder spürte Emily die wohlbekannte Angst hervorkriechen, die Angst davor, dass sie ihren Bruder nicht fanden oder dass sie ihn fanden und er sich nicht über ihr Wiedersehen freute. Was wäre, wenn er dort in La Rochelle lebte, sie aber nicht erkannte oder ihr Vorwürfe machte? Vielleicht war sein Vater sehr streng gewesen und hatte ihn geschlagen? Seit sie in Paris waren, hatte sie versucht, diese Angst zu unterdrücken. Doch nun war sie wieder da. Sie schlug ihr auf den Magen und sie konnte nichts essen.

Amira bemerkte es und sprach beruhigend auf sie ein: »Hey Süße, hab keine Angst. Du wirst ihn finden.«

Sie setzte sich neben Emily und legte den Arm um sie. Die junge Frau riss sich zusammen.

»Weißt du, was ich mich frage?«, sagte sie. »Was ist, wenn er mich nicht einmal erkennt? Warum hat er sich all die Jahre nicht gemeldet? Wenn er wirklich hier in Frankreich lebt, so nah bei uns, hätte er doch von sich aus Kontakt aufnehmen können!«

»Er war doch erst vier Jahre alt, als er verschwunden ist«, antwortete Amira. »Wenn Kinder älter werden, können sie sich an Erlebnisse vor ihrem dritten Lebensjahr nicht mehr erinnern. Kommt eine traumatische Erfahrung hinzu, wenn sie beispielsweise aus ihrer Familie herausgerissen werden, kann das ebenfalls dazu führen, dass Erin-

149

nerungen verdrängt werden. Das ist eine Art Schutzmecha-
nismus.«

Emily musste unwillkürlich weinen. Wieder nahm
Amira sie in den Arm.

»Mach dir keine Sorgen. Das muss nicht automatisch
bedeuten, dass er eine schlimme Kindheit hatte. Wenn er
in der Familie des Vaters aufgewachsen ist, kann es ihm
sehr gut ergangen sein. Das wäre doch das Wichtigste.«

Emily nickte, doch wirklich beruhigt war sie nicht. Zu
vieles war ungewiss.

Als sie abends neben Alex im Bett lag, flüsterte sie: »Ich
habe Angst.«

»Ich auch«, antwortete er. »Doch bevor du dich ent-
scheidest, abzuhauen, gib mir bitte Bescheid.«

»Ich werde nicht mehr wegrennen, das verspreche ich
dir.«

Am nächsten Morgen machte Alex einen starken Kaffee.
Sie waren beide sehr müde und hatten kaum geschlafen.
Nachdem sie sich ausgiebig von Amira und Olivier verab-
schiedet hatten, kauften sie beim Bäcker zwei Croissants.
Danach fuhren sie zur Autovermietung, denn Alex wollte
flexibler sein als mit dem Zug.

Unterwegs sprachen sie nicht viel. Stattdessen hörten
sie Radio und betrachteten die Landschaft unter dem wolkenverhangenen Himmel und die wunderschönen alten
Städte entlang der Rhône, die gelegentlich von der Autobahn aus in der Ferne zu sehen waren. Je mehr sie sich La
Rochelle näherten, desto tiefer versank Emily in ihrem Sitz.
Die Gedanken in ihrem Kopf rasten. Sie malte sich alle

möglichen Situationen aus, um auf alles vorbereitet zu sein. Doch insgeheim vermutete sie, dass wahrscheinlich wieder nichts bei ihrer Spurensuche herauskommen würde. Sie würde aber definitiv nicht mehr fliehen, konnte es auch nicht mehr. Es kostete sie zu viel Kraft und sie war des Weglaufens müde. Diesmal würde sie mit Alex bis zum Schluss mitgehen. Egal, wie es ausging. Sie hatte das Gefühl, es ihm und auch sich selbst schuldig zu sein.

Schließlich passierten sie ein Schild, das ankündigte, dass La Rochelle nur noch zehn Kilometer entfernt war, und fuhren kurz darauf von der Autobahn ab. Sie hatten ein kleines Ferienhäuschen in einem Vorort gebucht, das angeblich direkt an einem Badestrand lag. Doch davon sahen sie beim Einfahren in den Ort nichts. Emily war ohnehin nicht nach Baden zumute. Einstöckige Bungalows reihten sich aneinander, und nachdem sie ein paar schmale Gassen passiert hatten, erreichten sie ihr Ziel. Die Besitzerin des Hauses hatte sie informiert, dass der Schlüssel in der Waschmaschine deponiert war, die sich in einem Anbau an das kleine Haupthaus befand. Während Alex ihr Gepäck in das Häuschen brachte, sah Emily sich um. Die Räume waren klein, die Möbel ohne erkennbaren Stil zusammengestückelt, aber es war gemütlich. Es gab ein Schlafzimmer mit einem Doppelbett und im Wohnzimmer eine große Couch, auf der man sicherlich gut schlafen konnte.

Alex trat zu ihr und sagte: »Lass uns gleich weiterfahren. Dann sind wir zur Mittagszeit in der Stadt und können uns dort umsehen. Was meinst du?«

Emily nickte und folgte ihm wortlos zum Auto.

Auf den ersten Blick war La Rochelle ein unauffälliges Hafenstädtchen mit wenig Charme. Sie parkten das Auto nahe der Innenstadt und gingen von dort zu Fuß weiter in Richtung Altstadt. Diese bestand überwiegend aus weißen Steinhäusern, die dicht aneinandergereiht standen. Dazwischen fand sich ab und zu ein Fachwerkhaus. Es war keine romantische Stadt, doch der weiße, mittelalterliche Stein, aus dem die Häuser gebaut waren und der inzwischen aufgrund der Witterung fast überall eher dunkelgrau war, hatte einen gewissen Charme. Der Fischgeruch, der vom Meer herüberwehte, passte dazu. Emily konnte sich kaum vorstellen, dass ihr Bruder hier leben sollte, zu fremd war alles für sie.

Seit sie Paris verlassen hatten, war der Himmel grau und bedeckt gewesen und hatte perfekt Emilys Innenleben widergespiegelt. Hier an der Küste kam noch ein starker Wind hinzu. Während Alex Ausschau nach einer guten Brasserie hielt, beobachtete sie die Menschen. Die meisten waren in Eile. Es war kurz vor halb eins und viele schienen auf der Suche nach einem passenden Plätzchen für die Mittagspause zu sein.

»Schau mal, ich glaube, hier ist es ganz nett, und das Muschel-Angebot sieht gut aus«, meinte Alex. »Was meinst du?«

»Ich hab eh keinen Hunger. Ich nehme einfach einen Tee.«

»Nur einen Tee?« Ungläubig starrte Alex sie an. »Ist dir schlecht?«

»Ein bisschen.«

Alex fragte nicht weiter nach, doch hinter seiner Stirn schien es zu rattern.

Sie setzten sich vor der Brasserie an einen der Bistrotische im Freien. Die Bedienung sah Emily erst überrascht und dann vorwurfsvoll an, als sie lediglich einen Tee bestellte. Alex' Bestellung quittierte sie dagegen mit einem Lächeln.

Plötzlich begann es, zu regnen. Zum Glück gab es ein Vordach, sodass sie einigermaßen trocken blieben und nicht nach drinnen umziehen mussten. Nur gelegentlich blies der Wind ein paar Regentropfen in ihre Richtung. Die Straßen waren nun menschenleer und das nasse Kopfstein- pflaster glänzte.

Kurz darauf kamen Alex' Muscheln, die in einem Topf serviert wurden und nach Knoblauch und Zitrone dufte- ten. Er rieb sich die Hände und schwärmte: »Frische Mu- scheln hab ich schon so lange nicht gegessen.«

»Das sieht wirklich lecker aus. Und La Rochelle ist ein nettes Städtchen!«, musste Emily trotz ihrer Nervosität zu- geben.

Er nickte. »Es gibt hier übrigens ein riesiges Aquarium, vielleicht können wir das ja mal besuchen.«

Sie schien ihn nicht zu hören. Nervös trommelte sie mit den Fingern auf dem Tisch herum und fragte unvermittelt: »Wollen wir los?«

»Gib mir noch einen Moment«, bat Alex. »Ich bin noch nicht fertig.«

Emily sah auf seinen Teller, vor dem bereits ein großer Berg an Muschelschalen lag, und murmelte eine Entschuldigung. Alex zwinkerte ihr aufmunternd zu und schlürfte genüsslich die letzten Schalentiere aus.

»Lecker«, seufzte er und putzte sich die Hände mit dem feuchten Tuch ab, das ihm die Bedienung gebracht hatte.

Emily musste trotz ihrer Nervosität lachen, es freute sie, ihn so glücklich zu sehen. Kaum war Alex mit dem Essen fertig, riss die Wolkendecke auf und die Sonne kam heraus.

»Das passt ja wunderbar!«, rief Alex. »Möchtest du noch einen kleinen Spaziergang machen? Ein bisschen die Stadt anschauen und die Gedanken sortieren?«

Sie schüttelte den Kopf.

»Verstehe, das holen wir später nach.« Alex holte den Zettel mit der von Amira genannten Adresse heraus, öffnete Google Maps auf seinem Smartphone und tippte sie ein. »Von hier sind es nur zehn Minuten zu Fuß. Am besten lassen wir das Auto stehen, wer weiß, ob man da parken kann.«

Während sie in die angezeigte Richtung gingen, biss Emily sich nervös auf die Unterlippe. Sie nahm Alex' Hand, weil sie das Gefühl hatte, das jetzt zu brauchen. Er sah sie mit einem verständnisvollen Blick an, als wüsste er, wie viel Kraft sie dieser Gang kostete.

»Du kannst auch gern in einem Café warten oder im Aquarium und ich geh allein und checke erst einmal die Lage«, schlug er vor.

Emily schüttelte den Kopf. »Ich komme mit dir, das bringen wir gemeinsam zu Ende.«

Er drückte ihre Hand fester und ließ sie den ganzen Weg über nicht mehr los.

Als sie ihr Ziel erreicht hatten, fiel Emilys Blick sofort auf das Schild, das neben der Eingangstür hing. Es stand nur der Name der Privatklinik darauf. Ob Dr. Karim Habib hier wirklich arbeitete? Sie drückte Alex' Hand so fest, dass es schmerzte. Doch er sagte nichts.

»Was machen wir jetzt?«, fragte sie.

»Wir warten und beobachten, wer so aus der Praxis rauskommt.«

Sie flanierten eine halbe Stunde die Straße auf und ab. Nur selten trat jemand aus dem Haus. Hier, am Rand der Altstadt, waren die Straßen wieder etwas moderner, breiter und es standen zahlreiche Autos am Straßenrand.

»Ich hole das Auto«, schlug Alex vor. »Hier kann man mit einem Fahrzeug gut vorfahren und dann müssen wir nicht die ganze Zeit herumstehen, sondern können uns hinsetzen. Wie Polizisten auf Beobachtungsposten.« Er zwinkerte ihr zu. »Ich bin in fünfzehn Minuten wieder da.«

Emily sah ihm nach, während er eilig die Straße hinunterging. Sie kam sich verloren vor. Jedes Mal, wenn jemand durch die Tür kam, schaute sie genau hin. Doch es schienen alles Patienten zu sein, und alle waren über fünfzig. *Das ist doch Schwachsinn*, dachte sie. *Falls Jason der Sohn dieses Arztes ist, wird er nicht in der Praxis, sondern in der Schule sein.* Sie hatte gelesen, dass es in Frankreich nur Ganztagsschulen gab, und das schon seit zweihundert Jahren.

Unruhig ging sie vor der Klinik auf und ab, bis Alex mit dem Auto kam. Er parkte es am Rand der wenig befahrenen Straße und Emily stieg ein.

»Klassische Detektivarbeit.« Er lächelte. »Wir hätten auch später kommen können, kurz vor Feierabend. Na ja, wir lernen eben dazu. Außerdem, wer weiß, wann die Ärzte hier Feierabend machen.«

Die nächsten Stunden vergingen quälend langsam. Einmal ging Emily zu einem Supermarkt, um etwas zum Trinken und Knabbern zu besorgen. Später saßen sie nebeneinander im Auto, hörten einen Regionalkrimi als Hörbuch und schwiegen. Alex machte zwischendurch ein paar Fotos von der Straße. Nun war es kurz vor siebzehn Uhr. Vor einem Stündchen waren ihm die Augen zugefallen. Emily beobachtete ihn. Obwohl er mit halb offenem Mund schlief und dabei nicht gerade vorteilhaft aussah, wurde ihr warm ums Herz. Erst jetzt erkannte sie, dass er nicht nur ihr Fels in der Brandung war, sondern dass er sie geliebt hatte und der Einzige war, der ihr stets nur Gutes getan hatte. Sie hingegen hatte alles falsch gemacht, war Gefangene der Umstände gewesen.

Als sie aufsah, bemerkte sie zwei Jungen, die auf den Eingang der Praxis zuliefen. Beide sahen orientalisch aus. Sie trugen große Schulrucksäcke auf dem Rücken, unterhielten sich und lachten. Emily überlegte, ob einer von ihnen vielleicht ihr Bruder sein könnte. Sie hatte gehofft, ihn sofort zu erkennen, aber zehn Jahre waren eine lange Zeit.

Sie seufzte. Vorsichtig öffnete sie die Autotür, um ihnen unauffällig zu folgen. Sie kam bis zur Eingangstür der Praxis, neben der hohe Pflanzentöpfe mit Buchsbäumen standen, um den Eingang zum Urologen etwas diskreter zu gestalten. Plötzlich raschelte es zwischen den Bäumen. Instinktiv drehte sie sich in diese Richtung. Die zwei Jungs zuckten zusammen. Einer der beiden hatte eine Zigarette in der Hand, die er hastig auf den Boden warf.

Selten dämliches Versteck, dachte sie. Plötzlich sagte einer der Jungs etwas auf Französisch. Sie erklärte auf Englisch, dass sie ihn nicht verstand. Der andere raunte ihm etwas auf Arabisch zu – zumindest vermutete sie das.

»Sprecht ihr Englisch?«, fragte sie.

Die Jungs sahen sich an und zuckten mit den Schultern. »*A little bit*«, meinte der eine.

Sie fuhr mit ruhiger Stimme fort: »Ihr müsst die Zigarette nicht wegen mir wegwerfen, ich werde euren Eltern nichts erzählen.«

»Scht«, machte der eine. »Seine Eltern arbeiten um die Ecke.«

»Wohnen Sie hier?«, fragte der andere Junge.

»Nein«, antwortete sie mit einem Lächeln und musste daran denken, wie es war, als sie als Teenager die erste Zigarette ausprobiert hatte. »Keine Angst, ich verrate euch nicht.«

Sie sah beide Jungs an und versuchte, etwas Vertrautes in ihren Gesichtern zu erkennen. Auf ihren Oberlippen war ein feiner dunkler Flaum. Es war unmöglich, darin das Kindergesicht von Jason zu entdecken.

»Wir müssen jetzt los«, meinte der eine Junge mit einem schiefen Lächeln. Er ging an ihr vorbei durch die Tür, während der andere die Straße hinunterlief. Plötzlich hatte sie das Gefühl, dieses Lächeln zu kennen. War das Jason gewesen? Sie ging um die Buchsbäume herum zu dem Ort, wo die Jungen geraucht hatten, und blieb dort eine Weile hinter den Pflanzen stehen. Es war ein gutes Versteck, um nachzudenken. War das wirklich Jasons Grinsen gewesen? Wie konnte sie herausfinden, ob dies eine heiße Spur war?

Nach einer Weile ging sie zurück zum Auto, um Alex von ihrer Begegnung zu erzählen.

»Meinst du, er war es?«

Sie zuckte mit den Achseln. »Ich bin nicht sicher.«

Eine große Enttäuschung machte sich in ihr breit. Wenn sie von einem Wiedersehen geträumt hatte, hatten ihr Bruder und sie sich immer bereits aus weiter Entfernung erkannt und waren aufeinander zugerannt. Nun erkannte sie, dass dies kindische Wunschträume waren. Niemand erkannte ein Kind nach über zehn Jahren schon aus der Ferne. Nicht mal aus der Nähe war sie sich sicher, ob dieser Junge ihr Bruder war.

Schweigend und resigniert starrten sie aus dem Fenster. Gegen achtzehn Uhr traten ein Mann Mitte vierzig und eine etwas jüngere Frau mit Kopftuch aus der Tür und mit ihnen der Junge. Als die drei an ihrem Auto vorbeiliefen, verspürte Emily den Impuls, sich zu ducken. Doch es war zu spät, der Junge sah bereits in ihre Richtung. Als er sie erkannte, lächelte er und sie lächelte zurück. Die Frau und der Mann schienen nichts zu bemerken. Sie stiegen in einen schwarzen BMW SUV ein, der ein paar Meter vor ihrem Auto geparkt war. Als der BMW losfuhr, startete auch Alex den Wagen.

»Er hat mich gesehen, was machen wir jetzt?«, fragte Emily.

»Das sind sie bestimmt. Der Mann sah aus wie auf dem Foto, meinst du nicht?«

»Keine Ahnung«, antwortete Emily.

»Komm. Wir folgen ihnen unauffällig«, schlug Alex vor.

»Weißt du denn, wie man jemandem unauffällig folgt?«

Alex zuckte mit den Schultern, als er anfuhr. Er versuchte, nicht zu dicht aufzufahren und den Wagen gleichzeitig nicht aus den Augen zu verlieren. Sie fuhren aus der Stadt hinaus auf die Schnellstraße. Hier wimmelte es um diese Zeit von Autos. Im Berufsverkehr hatte Alex Mühe, nicht den Anschluss zu verlieren. Als der SUV eine Ausfahrt nahm, zog er scharf rechts rüber, was ihm ein verärgertes Hupen einbrachte. Der SUV fuhr direkt vor ihnen.

Nach drei Minuten hielt der Wagen in einem Viertel mit alten, aber großen Einfamilienhäusern auf einer schmalen Straße an und der Junge stieg aus. Alex konnte nicht überholen und musste direkt hinter dem SUV stehen bleiben. Wieder blickte der Junge in ihre Richtung. Hatte er sie gesehen? Hatte er bemerkt, dass sie ihm gefolgt waren?

Er ließ sich jedenfalls nichts anmerken, öffnete ein großes Tor und das Auto fuhr in die schmale Einfahrt vor dem Haus.

»Was machen wir jetzt?«, fragte Alex.

»Fahr weiter, damit sie nichts bemerken.«

Als sie außer Sichtweite waren, hielt Alex auf einem Parkplatz auf dem Seitenstreifen.

Emily stieg aus und schlich zu dem Haus zurück. Vor

dem Tor war eine Kameraklingel. Es stand nur der Name darauf: *Habib*. Alex hatte also recht behalten. Sie hatten tatsächlich das Haus des Arztes und seiner Familie gefunden! Sie ging zurück zu Alex und berichtete ihm davon. Ein Lächeln ging über sein Gesicht.

»Das ist doch ein erster Erfolg!«, freute er sich. »Wollen wir zurück ins Ferienhäuschen fahren?«

Emily nickte. Unterwegs kauften sie einige Lebensmittel ein. Nach dem Abendessen machten sie noch einen Spaziergang und fielen anschließend todmüde ins Bett und auf die Couch.

Während der nächsten beiden Tage gingen sie morgens früh aus dem Haus und bezogen ihren Beobachtungsposten gegenüber der Klinik. Alex wollte ein paar Fotos von dem Jungen machen, um sie mit dem Kinderbild zu vergleichen. Sie kannten nun zwar das Wohnhaus der Familie, aber es wäre zu auffällig gewesen, dort zu warten. Denn es standen nur ein paar Häuser in dieser Straße und entsprechend wenige Autos.

Am nächsten Tag tauchte nur das Ehepaar Habib auf, der Junge war nicht dabei. Doch am übernächsten Tag kam er wieder nach der Schule in die Klinik und Alex gelang es, ein paar Fotos zu schießen. Bevor sie sich entschließen konnten, den Jungen anzusprechen, kam sein Vater aus dem Gebäude. Alex und Emily sanken tief in ihre Sitze in der Hoffnung, dass er sie nicht entdeckte. Als die beiden fort waren, fuhren sie wieder zum Ferienhäuschen zurück.

»Zur Belohnung für unsere ersten drei erfolgreich absolvierten Tage als Privatdetektive sollten wir heute etwas

Leckeres essen!«, schlug Emily vor. Die zwei Abende zuvor hatten sie nur Brot und Käse gegessen. »Lass uns Pizza bestellen!«

Alex nickte, er wollte Emily nicht bitten, etwas Leckeres zu kochen, denn er konnte sehen, dass sie müde war. Kurz darauf saßen sie auf dem Boden, lehnten sich an die dunkelbraune Couch und genossen ihre Pizza. Dazu tranken sie französischen Rotwein und schauten französisches Fernsehen.

»Es ist beeindruckend, wie gut der preiswerte Wein aus dem Supermarkt schmeckt«, stellte Alex fest und trank einen weiteren Schluck. »Jetzt weiß ich auch, warum meine Eltern früher im Urlaub den Koffer vor der Heimreise immer mit Wein und Honig vollgepackt haben.«

Emily sah ihn an und grinste. Durstig nahm sie große Schlucke des aromatischen Bordeaux. Ob es der gute Wein war oder die Tatsache, dass sie Ablenkung brauchte – langsam schien sich die Anspannung der letzten Tage zu legen. Sie versuchten, sich abzulenken. Über die Suche nach ihrem Bruder, den Grund ihrer gemeinsamen Reise, sprachen sie den ganzen Abend nicht. Stattdessen zappten sie durch die Kanäle und blieben bei der französischen Actionkomödie *Taxi, Taxi* hängen. Dabei lachten sie so unbeschwert wie damals, als ein Picknick in den Weinbergen sie noch glücklich gemacht hatte. Anschließend wollte Emily nicht wieder in die Realität zurück. Sie beobachtete Alex, der die Augen auf den Abspann gerichtet hatte.

»Du machst es mir wirklich schwer«, sagte er und wandte sich ihr zu.

»Was meinst du damit?« Sie richtete sich auf.

»Du gibst mir das Gefühl, dass du wieder mit mir zusammen sein möchtest. Aber wenn ich mich darauf einlasse, rennst du wahrscheinlich wieder weg.«

Sie sah ihn an. »Heute renne ich nicht weg.« Sie wusste nicht, warum ihr plötzlich die Tränen kamen. Er streckte seine Hand aus und wischte sie mit einer zarten Bewegung weg. Sie küsste seine Hand.

»Wir stellen uns einfach für den Moment vor, dass wir in einer anderen Welt leben. In einer Welt, in der Träume in Erfüllung gehen«, murmelte er.

Dann küsste sie ihn auf den Mund.

Kapitel 19

Obwohl Alex nicht wusste, wie es danach weitergehen würde, erwiderte er ihren Kuss. Als Jugendlicher hatte er sich gedacht, dass er sein erstes Mal mit Emily erleben würde, doch es war nie dazu gekommen, ihre gemeinsame Zeit war zu kurz gewesen. War es nun so weit? Er empfand plötzlich eine starke Sehnsucht nach diesem einmaligen ersten Mal mit Emily. Nachdenklich ging er zu dem CD-Player, der im Flur stand, und legte eine CD ein.

Emily verschwand währenddessen im Bad, um sich ein wenig frisch zu machen. Beim Blick in den Spiegel dachte sie, dass das, was sie als Schülerin getragen hatte, weiblicher gewesen war als die Kleidung, die sie jetzt anhatte. Zum Glück trug sie an diesem Tag immerhin ein etwas engeres T-Shirt. Sie musste ihren Kleidungsstil unbedingt ändern. Sie hatte die Nase voll von T-Shirts und Hosen. Morgen würde sie sich ein Kleid kaufen. Und jetzt musste sie versuchen, das Beste aus dem Moment zu machen. Sie verließ das Bad und ging zurück ins Wohnzimmer. Dort wartete Alex auf sie und lächelte sie an. Sie ging auf ihn zu, nahm ihn an der Hand und zog ihn ins Schlafzimmer.

Aus dem CD-Player im Flur ertönten Chansons. Emily zündete die Kerzen an, die im Schlafzimmer standen. Ihre französischen Gastgeber waren wohl hoffnungslose Romantiker. Eng umschlungen tanzten sie zu den französischen Klängen. Emily spürte jedoch, dass Alex, dass sie beide nicht entspannt waren. Er sah sie an und kicherte verlegen. Alles schien wie früher zu sein, als sie frisch verliebt waren. Doch als sie sich schließlich langsam auszog und kurz darauf nackt vor ihm stand, wusste er, dass nichts wie früher war. Sie war mittlerweile eine erwachsene Frau und er kein pubertierender Junge mehr. Er konnte die Augen nicht von ihr abwenden.

»Wow«, sagte er beeindruckt.

Sie zog ihm das Shirt über den Kopf und wandte sich seiner Hose zu.

Er wagte nicht, sie zu berühren, doch sie legte seine Hände auf ihre Brüste. Das erste Mal, seit er sie kannte, handelte Emily, sie machte den Anfang. Die Verlegenheit verschwand, sie vergaßen alles um sich herum. Alle Sehnsüchte, alle Fantasien, die sich über die Jahre aufgebaut hatten, brachen aus ihnen heraus. Es war ihr erstes Mal zusammen, doch sie waren keine Jugendlichen mehr. Die Küsse waren nicht mehr nur zärtlich, sie waren leidenschaftlich, hektisch und trotzdem irgendwie vertraut.

Der CD-Player hatte längst aufgehört, die melancholische Musik zu spielen, doch die beiden merkten es nicht. Sie lagen da, nackt und eng umschlungen. Emily hatte ihren Kopf auf seine Brust gelegt und spürte das rhythmische Schlagen seines Herzens. Sie sah zu ihm auf und lächelte. »Glaubst du, es wäre damals auch so gut gewesen?«, fragte sie.

Alex dachte nach und zwinkerte. »Klar, ich war schon immer ein fantastischer Lover.«

»Idiot«, antwortete sie und lächelte.

»Wahrscheinlich nicht. Ich wäre zu nervös gewesen«, gab er zu.

»Außerdem hätten wir vorher nicht so guten Wein getrunken.«

Müde und trunken vom Wein und von der Leidenschaft schliefen sie ein. Spät am nächsten Tag wachte Alex auf. Die Sonnenstrahlen kämpften sich durch die Ritzen der Rollläden und feine Staubpartikel tanzten durch die Luft. Er betrachtete Emily, die immer noch schlief, und dachte über die vergangene Nacht nach. Darüber, wie sie nachgeholt hatten, was sie in ihrer Jugend versäumt hatten. Doch konnte man die Vergangenheit wirklich nachholen? Damals war das Leben rosarot gewesen, aber jetzt befanden sie sich in der Realität, in der sie ihm gesagt hatte, dass er sie immer an das schlimmste Ereignis ihres Lebens erinnern würde. Eigentlich konnte es vor diesem Hintergrund keine Zukunft geben. Nur die schöne gemeinsame Vergangenheit und das Jetzt, diesen Moment, der bald verblassen würde. Er stand auf und zog sich an. Am liebsten hätte er weitergeträumt.

* * *

Als Emily aufwachte, lächelte sie ihn an. Doch ihr Lächeln verschwand, als sie an seinem ernsten Gesichtsausdruck ablas, dass die Wirkung des Weines längst abgeklungen war.

»Na, Inspektor Holmes, was machen wir als Nächstes?«, versuchte sie zu scherzen.

»Wieder im Auto sitzen?«, fragte er.

»Oder wir gehen lecker Muscheln essen?«

Er war sich nicht sicher, warum sie sich so verhielt. War es ein Spiel, oder ihre Art, sich zu bedanken? Doch es war so schön, mit ihr zusammen zu sein. Allein ihr Anblick, wie sie so dalag und ihn mit ihrem Schlafzimmerblick ansah. Er konnte nur nicken. Sie sprang auf, gab ihm einen Kuss und streifte sich ein T-Shirt über.

»Eigentlich möchte ich mir erst etwas zum Anziehen kaufen«, erklärte sie. »Aber danach können wir essen gehen.«

Es war bereits kurz vor vierzehn Uhr, als sie in der Stadt parkten. Im alten Hafen setzte sich Alex in ein Straßencafé, während Emily mit den Worten »Ich bin in fünfzehn Minuten wieder da« in Richtung Fußgängerzone verschwand. Alex betrachtete die kleinen Boote, die in dem mittelalterlichen Hafenbecken im Schlick lagen. Gegen halb drei würde die Ebbe ihren Tiefstand erreichen. Es war ein wunderschöner, sonniger Tag und er bestellte sich einen Milchkaffee und ein Croissant und fühlte sich wunderbar dazugehörig.

Emily betrat währenddessen den erstbesten Laden, der nicht allzu teuer wirkte. Dort suchte sie sich ein grünes Kleid aus, das oben etwas enger geschnitten war und erst zu den Knien hin weiter wurde. Dazu bot ihr die Verkäuferin in sehr dürftigem Englisch noch hübsche grüne Riemchensandalen an. Sie schien zu merken, dass diese Kundin in Kauflaune war, und nutzte ihr Talent. Die Kombination gefiel Emily und sie behielt alles gleich an. Die Verkäuferin schnitt die Zettel ab und kassierte, dann legte sie die Jeans und das T-Shirt in eine Papiertüte mit dem Logo des Ladens. Emily konnte sich gar nicht sattsehen im Spiegel. Auch die Verkäuferin war begeistert.

»*Jolie, jolie!*«, rief sie bewundernd.

Emily malte sich aus, was Alex sagen würde, wenn er sie sah. Sie fühlte sich schön und begehrenswert. Freudestrahlend verließ sie den kleinen Modeladen und setzte die Sonnenbrille auf, die sie an der Kasse noch spontan gekauft hatte. Es fühlte sich nach Urlaub an, als sie die Straße zurück zum Hafen ging. Plötzlich bemerkte sie auf der anderen Straßenseite einen schwarzen SUV, der ihr bekannt vorkam. Der Mann und der Junge, die sie seit Tagen beobachtet hatten, stiegen gerade aus. Plötzlich sah Karim Habib zu ihr herüber und begegnete ihrem Blick. Emily versuchte, schnell und unauffällig zur Seite zu sehen, doch der Mann überquerte die Straße und kam direkt auf sie zu.

»Warum folgen Sie uns? Was wollen Sie von uns?«, fragte er auf Englisch.

Da er Englisch mit ihr sprach, nahm sie an, dass sein Sohn ihm von ihrer Begegnung erzählt hatte. Emily war so überrascht, dass sie den Mund nicht aufbekam. Sie starrte die beiden nur an.

»Ali und ich haben sie mehrmals in unserer Nähe gesehen«, fuhr der Mann aufgebracht fort.

Die Gedanken in ihrem Kopf rasten. Sie sah den Mann nicht an, sondern betrachtete den Jungen, den er Ali genannt hatte. Konnte er es sein? Konnte es tatsächlich ihr

Bruder sein? Er war ein Teenager mit Pickeln im Gesicht und einem kleinen Oberlippenbart. Doch in diesem Moment erkannte sie ihn. Sie erkannte die Augen, die Lippen. Es war Jason.

Herr Habib sagte ungeduldig etwas auf Französisch zu seinem Sohn. Der Junge sah Emily unsicher an, dann blickte er wortlos zu Boden.

Sein Vater wandte sich erneut an Emily: »Jetzt hören Sie mir mal genau zu! Wenn Sie uns weiter verfolgen, rufe ich die Polizei.«

Ohne eine Antwort abzuwarten, nahm Herr Habib den Teenager am Ellenbogen und zog ihn mit sich, zurück in Richtung Auto. Der Junge drehte sich jedoch immer wieder um und sah Emily an.

Die junge Frau war wie erstarrt. Menschen liefen an ihr vorbei, rempelten sie an. Irgendwann klingelte ihr Telefon, doch sie war nicht in der Lage, den Anruf anzunehmen. Ein einziges Gefühl beherrschte sie, und das war Wut, eine unglaubliche Wut. Ohne über die Konsequenzen nachzudenken, erwachte sie aus ihrer Erstarrung und machte sich auf den Weg zur Klinik.

Das Wartezimmer war voll. Am Empfang saß die Frau mit dem Kopftuch, die zusammen mit dem Mann und dem Jungen vor ein paar Tagen aus der Praxis gekommen war. Die beiden standen gerade neben ihr und unterhielten sich auf Arabisch. Die Frau war schön, hatte ebenmäßige Gesichtszüge und ihre großen dunklen Augen wurden von einem dicken Eyelinerstrich betont. Sie wirkte sehr elegant.

Emily trat auf die drei zu und sagte sehr laut auf Englisch: »Sie wagen es, mir mit der Polizei zu drohen? Dabei haben Sie meinen Bruder vor zehn Jahren entführt und unser Leben zerstört! Ich selbst werde die Polizei anrufen.«

Plötzlich wirkte Karim Habib nicht mehr so selbstsicher. Er sah nervös in Richtung Wartezimmer. Die Patienten, die dort saßen, schauten dem Schauspiel interessiert zu.

Der Junge fragte seinen Vater etwas auf Französisch. Er klang verwirrt. Wusste er denn gar nichts von seiner Vergangenheit? Karim Habib setzte zu einer Antwort an. Vermutlich würde er irgendwelche Lügen erfinden.

Hastig rief Emily: »Jason!« Sie sah ihn verzweifelt an. »Kannst du dich nicht an mich erinnern? Ich bin es, Emily, deine große Schwester.«

Er sah sie entsetzt an und sie konnte sehen, dass er versuchte, ihre seltsamen Worte einzuordnen. Aber ganz offensichtlich erinnerte er sich wirklich nicht an sie.

»Das ist alles ein Missverständnis!«, rief Karim Habib in dem Versuch, sie zu besänftigen.

»Nein, das ist kein Missverständnis. Sie haben vor zehn Jahren meinen Bruder entführt.«

»Das ist mein Sohn.«

Sie nickte. »Das stimmt. Aber Sie haben ihn von seiner Mutter entführt!«

Der Arzt schlug einen beruhigenden Tonfall an, als wäre sie eine Patientin, und sagte: »Lassen Sie uns in ein anderes Zimmer gehen.«

Emily schüttelte den Kopf. »Nein, ich gehe nirgendwo hin.« Tränen liefen ihre Wangen hinab. »Ich möchte endlich die Wahrheit wissen, ich will meinen Bruder zurückhaben, vor allem sollte er die Wahrheit wissen.«

Der Mann setzte plötzlich ein mildes Lächeln auf. Er wandte sich an seinen Sohn und fragte auf Englisch: »Ali, sag, kennst du diese Frau?«

Der Junge sah sie kurz an und blickte wieder zu Boden. Er schüttelte den Kopf und murmelte: »Non.«

»Sie haben sich anscheinend geirrt, junge Frau, es tut uns sehr leid.«

Emily hätte am liebsten geschrien und irgendetwas kaputtgemacht, doch sie schaffte es, sich zu beherrschen. Sie sah allen dreien noch einmal in die Augen, sagte aber nichts. Aber es war wohl etwas in ihrem Blick, das Frau Habib Tränen in die Augen steigen ließ.

Emily war sich hundertprozentig sicher, dass Jason vor ihr stand. Doch er erkannte sie nicht, er hatte die Vergangenheit wohl verdrängt, wie Amira es ihr erklärt hatte. Es war zum Verzweifeln. Unter Tränen und mit zitternder Stimme begann sie, ein Lied zu singen. »Lale-lu, nur der Mann im Mond schaut zu ...«

Nach der ersten Strophe brach sie ab und sagte auf Deutsch zu ihm: »Das Lied habe ich dir immer vorgesungen, damit du besser einschlafen konntest. Weißt du das nicht mehr, Jason?«

Er sah sie wie versteinert an. Hatte sie sich etwa doch geirrt? Oder war sie vielleicht verrückt geworden? Verzweifelt drehte sie sich um und rannte hinaus. Ihr Telefon klingelte wieder und sie wusste, dass es Alex war. Doch sie schaffte es nicht, den Anruf anzunehmen. Ziellos irrte sie durch die Straßen. Das war es jetzt gewesen. Es fühlte sich genauso an wie damals, als ob ihr jemand das Herz herausgerissen hätte.

Plötzlich hörte sie Alex' Stimme. »Emi!« Er saß im Auto und hatte neben ihr am Straßenrand angehalten. »Was sollte das?« Wie betäubt ging sie um das Auto herum und stieg ein. Erst in diesem Moment fiel ihr ein, dass sie ihn hatte sitzenlassen.

»Weißt du, was für Sorgen ich mir gemacht habe? Wo warst du denn die ganze Zeit? Du wolltest nur fünfzehn Minuten weg sein!«

»Es tut mir leid, sie haben mich auf der Straße angesprochen und mir gedroht, wir waren wohl nicht so unauffällig, wie wir dachten.«

»Ich hatte wirklich Angst, ich dachte, jemand hätte dich überfallen oder überfahren.«

»So ähnlich fühle ich mich auch«, schluchzte sie und erzählte ihm die ganze Geschichte.

»Warum hast du mich nicht angerufen?«

»Ich weiß nicht ...« Beim Blick in seine ernste Miene wurde ihr bewusst, dass sie einen Fehler gemacht hatte.

»Emily, so geht das nicht«, sagte Alex mühsam beherrscht. »Ich kann mir vorstellen, dass das heute schlimm war, aber ich möchte dir doch helfen. Ich hätte dich herbringen können. Wir hätten darüber sprechen können, wie wir am besten vorgehen. Stattdessen sitze ich wie ein Idiot im Auto und mache mir Sorgen um dich, während du dein eigenes Ding drehst.«

Ohne ihre Antwort abzuwarten, fuhr er los. Seine Hände umschlossen das Lenkrad so fest, dass seine Knöchel weiß hervortraten. Emily konnte sehen, wie aufgebracht er war.

»Ich konnte nicht anders«, erwiderte sie schüchtern. »Ich war so wütend.«

»Aber so funktioniert das nicht, Emily, weder eine Freundschaft noch eine Partnerschaft. Du hättest meinen Anruf annehmen sollen.«

Sie antwortete ihm nicht. Nach einer schweigsamen Fahrt kamen sie an ihrem Häuschen an. Alex parkte, aber sie blieben im Auto sitzen, waren wie gelähmt.

»Bist du dir sicher, dass es dein Bruder war?«, fragte er schließlich.

»Er ist es, ich bin mir sicher.«

»Aber du hast keine Beweise. Die sollten wir vielleicht noch sammeln ...«

»Ich brauche keine Beweise mehr, Alex, ich weiß, dass er es ist. Aber er erkennt mich nicht.«

Sie schluchzte, dann sog sie tief die Luft ein und sagte: »Ich denke, morgen können wir nach Hause fahren.«

»Du willst einfach so aufgeben?«, fragte Alex.

Sie entgegnete nichts. Das Glück, das sie am Abend empfunden hatte, schien weit in der Vergangenheit zu liegen. Ihre Hoffnung, ihren Bruder zu finden, war zerstört, weil er sich nicht mehr an sie erinnerte.

Plötzlich hörte Emily ein Pfeifen in ihrem rechten Ohr,

das nicht mehr aufhörte. Es war, als ob ihr jemand Watte ins Ohr gestopft hätte.

»Was ist los?«, fragte Alex, als sie sich immer wieder ans Ohr fasste.

»Ach, nichts. Mein Ohr piepst nur ein bisschen.«

»Hattest du das schon häufiger?«

Emily schüttelte den Kopf.

»Hör mal, es tut mir leid, dass ich wütend war. Du hast so viel Stress und ich habe dir noch mehr Stress gemacht. Vielleicht ist das deine körperliche Reaktion darauf. Wir können gern sofort zurückfahren, wenn du möchtest.«

»Nein, lass uns morgen zurückfahren«, bat sie und öffnete die Beifahrertür, um auszusteigen.

Alex jedoch blieb sitzen. Als sie ihn fragend ansah, sagte er: »Ich muss noch etwas besorgen, warte einfach hier auf mich.«

Bevor sie weiter nachfragen konnte, startete er das Auto und fuhr davon.

Drinnen in dem stillen Ferienhäuschen erschien Emily das Pfeifen in ihrem Ohr noch lauter. Sie schaltete den CD-Player ein, um sich abzulenken, doch es nützte nichts. Sie lief in den Zimmern auf und ab und wusste nicht, wie sie diesen schrägen Ton aus ihrem Ohr wegkriegen sollte. Kurzentschlossen verließ sie noch mal das Haus und kaufte in einer benachbarten Apotheke Schlaftabletten. Sie nahm zwei Stück und war innerhalb von wenigen Minuten eingeschlafen.

Kapitel 20

Als Emily es endlich schaffte, die Augen zu öffnen, schaute sie in das besorgte Gesicht von Alex.

»Wie viele Tabletten hast du genommen?«, fragte er und deutete auf die Packung.

»Zwei, ich musste etwas gegen dieses Pfeifen im Ohr unternehmen.«

»Ist es immer noch da?«, fragte er.

Emily nickte. Sie hatte Kopfschmerzen, aber der Pfeifton war nicht mehr so intensiv wie zuvor.

»Du musst aufpassen, nicht, dass du einen Hörsturz bekommst«, sagte Alex. »Soweit ich weiß, kann sich sowas festsetzen. Du solltest besser zu einem Arzt gehen.«

Emily sah ihn verständnislos an. Die Worte mussten erst einmal sacken.

»Jedenfalls haben dich die Tabletten für fast zwölf Stunden lahmgelegt«, erklärte er.

Es fiel ihr schwer, sich aufzusetzen. Sie fühlte sich immer noch müde. »Es waren doch nur zwei Tabletten«, antwortete sie. »Und jetzt geht es mir ja wieder besser.«

»Die haben aber gewirkt. Möchtest du heute oder morgen abreisen? Ich habe den Mietvertrag gestern noch gekündigt, aber weil es so kurzfristig war, müssen wir noch eine Nacht bezahlen.«

»Lieber heute. Ich mache mich gleich fertig.«

Nachdem Alex hinausgegangen war, zog Emily das neue Kleid aus, in dem sie eingeschlafen war, und streifte eine

Jeans und das einzig saubere T-Shirt über, das sie noch im Koffer hatte. Es war giftgrün und figurbetont. *Nicht, dass es jetzt noch etwas nützen würde, wenn ich mich hübsch mache*, dachte sie traurig.

Alex bereitete unterdessen Kaffee zu.

»Danke«, sagte sie, als er ihr eine Tasse reichte.

»Willst du wieder einfach so weg?«, fragte er.

Sie sah ihn mit großen Augen an. »Wie meinst du das?«

»Na, nur weil der Junge dich nicht erkannt hat, was ja keine böse Absicht ist, musst du nicht wieder abhauen.«

Eigentlich wollte sie protestieren, doch er hatte recht. Obwohl sie sich fest vorgenommen hatte, sich zu ändern, wollte sie wieder einfach verschwinden.

»Was soll ich deiner Meinung nach tun?«, fragte sie.

»Geh noch mal hin.«

Sie lachte auf. »Die lassen mich nicht mehr rein.«

»Ich denke, sie tun es doch, weil sie Angst vor den Nachbarn haben.«

»Vor den Nachbarn?«

»Vor der Meinung der Nachbarn. Geh am besten zu ihnen nach Hause. Wenn du da laut genug rumposaunst, dass Jason dein Bruder ist, lassen sie dich bestimmt ganz schnell rein.«

Emily ließ seine Worte auf sich wirken. Er hatte recht, sie hatte nichts zu verlieren. Die anderen schon.

Sie blickte Alex lange an. In seinem weißen T-Shirt und der blauen Jeans sah er trotz dicker Augenringe und Dreitagebart sehr verführerisch aus. Sie musste bei seinem Anblick an ein Schwarz-Weiß-Foto von James Dean denken,

das sie als Teenager einmal aus einer Zeitschrift ausge-
schnitten und in ihrem Zimmer aufgehängt hatte. Wie
hatte sie ihn nur so enttäuschen können? Sie hatte es komplett vermasselt. Aber wenigstens die Sache mit Jason
konnte sie zu Ende bringen.

»Danke«, sagte sie und gab ihm einen Kuss. »Ich ver-
suche es, bevor mich der Mut völlig verlässt.«

»Du hast nichts zu verlieren. Denk dran.«

Nachdem sie das Häuschen aufgeräumt und geputzt
hatten, packten sie ihre Sachen in den Kofferraum. Sie setzten sich ins Auto und Alex fuhr sie zum Haus der Familie
Habib. Als sie die Beifahrertür öffnete, fragte er: »Soll ich
lieber mitkommen?«

»Ich schaffe das schon allein«, erwiderte Emily tapfer.

Doch als sie am Tor stand, verließ sie der Mut. Zu über-
mächtig erschien ihr alles, zu fremd. Sie wiederholte Alex'
Worte wie ein Gebet und sagte noch einmal laut: »Ich habe
nichts zu verlieren.« Dann drückte sie auf die Klingel. Sie
wusste, dass die Hausherren sie über die Kamera sehen
konnten. Ohne ein Wort aus der Sprechanlage ging die Tür
auf.

Emily trat in die Auffahrt. Neben dem Haus führte ein
schmaler Weg in den Garten. Sie hörte Stimmen und ging
in diese Richtung. Der Garten wirkte mit seinen Oleander-
bäumen und Lavendelbüschen mediterran. Er war nicht
sehr groß, bestimmt weniger als hundert Quadratmeter,
doch sie konnte sich vorstellen, wie teuer das hier alles sein
musste. Die Terrasse war von einem Pavillon umgeben. Die
Gartenmöbel waren aus hochwertigem Kunststoffrattan.

Darauf saß Frau Habib, jetzt ohne Kopftuch, Jason und sein Vater standen nervös daneben. Alle blickten ängstlich in Emilys Richtung.

»Möchten Sie einen Tee?«, fragte der Arzt, ohne sie zu begrüßen.

Sie schüttelte den Kopf. »Ich habe Fragen und möchte Antworten.«

Er bedeutete ihr, sich zu setzen.

»Und es ist an der Zeit, dass Jason endlich die Wahrheit erfährt«, fuhr Emily fort.

Die Frau saß mit ernster Miene auf der Bank und rührte abwesend in ihrem Tee.

»Wir haben ihm alles erzählt«, sagte Herr Habib auf Deutsch.

»Warum haben Sie uns das angetan?«, fragte Emily verzweifelt.

»Weil ich mir Sorgen gemacht habe.«

Sie lachte kurz auf. »Was? Sie wussten doch gar nicht, dass es ihn gibt«, sagte sie und zeigte auf den Jungen.

»Das stimmt nicht, ich habe regelmäßig Geld geschickt, doch deine Mutter hat mir nicht erlaubt, ihn zu sehen.«

»Das kann ich mir nicht vorstellen.«

»Du weißt am besten, dass sie nicht in der Lage war, sich um euch zu kümmern. Ich hatte Angst um meinen Sohn.«

»Dann hätten Sie das Amt einschalten können.«

»Klar, als Student aus Marokko, der behauptet, der Vater zu sein? Die hätten ihn in ein Heim gesteckt.«

Sie sah ihn kalt an. »Soll ich jetzt Mitleid haben?«

»Nein, ich will es nur erklären.«

»Meine Mutter war vielleicht nicht die beste Mutter, doch sie hat uns nicht vernachlässigt.«

Herr Habib sah sie an, das erste Mal, seit sie den Garten betreten hatte, versuchte er nicht, ihrem Blick zu entfliehen. »In der Woche, als ich ihn mitgenommen habe, war sie mehrere Tage nicht zu Hause. Du hast dich um die Kinder gekümmert.«

Er hatte recht.

»Deshalb habe ich es gemacht. Ich wollte, dass mein Sohn eine gute Kindheit hat.«

»Und da haben Sie ihn einfach mitgenommen? Sie beide?« Emily blickte zu der Frau, die beschämt den Blick senkte.

»Ich wusste nicht, was ich sonst machen sollte«, erwiderte der Mann.

»Den legalen Weg gehen!«, antwortete Emily kalt. »Wissen Sie, durch welche Hölle wir gegangen sind?«

Er sagte nichts mehr und blickte zu Boden.

»Egal, wie meine Mutter als Mutter war, sie hat Jason geboren und war völlig verzweifelt. Wir hatten keine Ahnung, wo er war, ob er noch lebte, ob er ...«, Emily brach ab, zu furchtbar war das, was einem kleinen Jungen alles zustoßen konnte.

»Ich habe deiner Mutter aber aus Marokko geschrieben, dass es ihm gut geht.«

Entsetzt sah Emily ihn an.

»Ja, ich habe ihr einen Brief geschrieben«, bekräftigte Herr Habib noch einmal.

Emily schüttelte ungläubig den Kopf.

»Hat sie dir das nicht erzählt?«

Das konnte nicht wahr sein. »Wie konnten Sie uns das antun? Wie konnten Sie mir das antun?«, schluchzte sie.

Die Frau sagte sanft: »Wir sind keine schlechten Menschen. Wir wollten einfach das Beste für Karims Sohn.«

Emily merkte, dass sie nicht weiter zuhören konnte. Ihr war schlecht. Der Gedanke, dass ihre Mutter vielleicht schon lange gewusst hatte, was wirklich mit Jason passiert war, ließ sie erschaudern.

Sie sah zu Jason, der jetzt Ali hieß. »Willst du nicht wenigstens deine richtige Mutter kennenlernen?«, fragte sie auf Englisch.

Jason saß stumm da, als ob es ihm die Sprache verschlagen hätte. Er musterte sie jedoch genau.

»Warum lebt ihr nicht mehr in Marokko?«, wandte sich Emily schließlich an Jasons Vater.

»Ich habe hier einen besseren Job bekommen und deshalb sind wir hierhergezogen. Wir sind eine glückliche Familie. Bitte zerstör das nicht.« Emily konnte die Verzweiflung in den Augen des Mannes erkennen. »Am wenigsten hat Ali, ich meine Jason, Schuld daran.«

»Aber Wahrheit und Gerechtigkeit müssen auch walten. Was ist mit mir? Jahrelang habe ich gelitten wegen der Grausamkeit, die Sie begangen haben.«

»Das tut mir leid«, sagte der Vater leise. Nichts an ihm war noch autoritär oder erhaben.

Emily sah Jason an. Ihr wurde klar, dass ihr Bruder bei diesen Menschen glücklich war. Sie waren seine Familie und sie war nur ein Störfaktor. Sie holte einen Zettel und einen Stift heraus, schrieb etwas darauf und gab ihn Jason. »Falls du doch mehr erfahren möchtest.«

Er sah sie immer noch stumm an.

Es gab noch so viele Fragen, die sie hatte stellen wollen. Doch ihr Kopf und ihr Herz waren leer. Sie stand auf. Ihre Reise war hiermit wohl beendet.

Als sie der Familie ein letztes Mal zunicken wollte, sah Emily, dass Frau Habib weinte. Sie hatte wohl doch ein Gewissen. »Es tut mir leid, es ist meine Schuld, ich konnte keine Kinder bekommen. Als ich erfuhr, dass Karim einen Sohn in Deutschland hat und es ihm nicht gut geht, haben wir uns dazu entschieden, ihn zu uns zu nehmen. Bitte ruf nicht die Polizei«, flehte sie, während die Tränen über ihre Wangen liefen, »deinem Bruder zuliebe.«

Eine unglaubliche Wut stieg in Emily auf. Dieses Ehepaar hatte nur an sich gedacht, aber nicht daran, wie es Jasons Geschwistern und seiner Mutter mit dem Verlust gehen würde. Und nun wollten sie Jason benutzen, um sich aus der Verantwortung zu stehlen.

»Sie waren bereit, ihn mitzunehmen, jetzt müssen sie bereit sein, die Konsequenzen dafür zu tragen«, zischte sie und ging, ohne sich zu verabschieden.

Immer noch etwas benommen von den Geschehnissen der letzten Tage, saß Emily auf dem Beifahrersitz und schaute aus dem Fenster. Das war es jetzt also, dachte sie. Eines der Szenarien, die sie sich über die Jahre immer wieder vorgestellt hatte, war eingetroffen. Sie wusste, dass Jason lebte, und sie freute sich, dass es ihm gut ging. So viele schlimme Dinge hätten ihm passieren können. Aber er hatte seine eigene Familie, ein anderes Leben, in dem sie nicht existierte. Sie konnte ihren Bruder nicht zurückgewinnen.

Doch vielleicht konnte sie ja jetzt zumindest ihr Leben ohne Schuldgefühle weiterleben? Die Entführung war tatsächlich geplant gewesen. Herr Habib hatte diesen Moment genutzt, aber es hätte auch jeder andere sein können. Er hätte Jason auf jeden Fall mitgenommen, das wurde Emily jetzt bewusst.

Das Pfeifen in ihrem Ohr wurde lauter. Sie wünschte sich, alles hinter sich zu lassen, wieder bei Laura im Café zu stehen und leckere Kuchen zu backen. Das war das Einzige, was sie innerlich wirklich zufriedenstellte. Sie warf einen kurzen Blick zu Alex. Er sah traurig geradeaus. Mit ihm hatte sie es ebenfalls vermasselt. Wieder einmal – und dieses Mal wahrscheinlich für immer. Zwei Straßen weiter hielt Alex an und sie gingen in den Supermarkt, um etwas Reiseproviant zu kaufen. Es dauerte ewig, bis Alex sich entschieden hatte. Endlich machten sie sich auf die lange Heimfahrt.

Plötzlich ertönte ein Niesen.

»Gesundheit«, sagte Emily, ohne Alex anzuschauen.

»Ich habe nicht geniest«, antwortete er.

Emily sah ihn irritiert an. »Und wer dann?«

Alex zuckte mit den Schultern. »Der Autogeist?«

Erneut hörte sie ein Niesen. Es kam von hinten. Emily drehte sich um. Die Rückbank war leer, doch im Fußraum hinter dem Fahrersitz lag etwas unter einer Decke. Als sie diese wegzog, sog sie erschrocken die Luft ein. Da lag jemand! Der blinde Passagier setzte sich auf. Es war ihr Bruder.

»Was machst du denn hier?«, rief sie auf Deutsch. Sie zitterte vor Anspannung und ihre Gefühle fuhren Achterbahn. Doch ihr Bruder verstand sie nicht, hatte seine Muttersprache wohl längst verlernt. Emily wechselte auf Englisch.

»Was soll ich denn tun?«, fragte er in seinem Schulenglisch. »Du kommst zu uns, sagst, ich sei dein Bruder, und dann bist du weg?«

»Wissen deine Eltern, wo du bist?«

»Sie sind Lügner und Entführer. Ich weiß gar nicht, was ich denen überhaupt noch glauben soll. Ich brauche erst mal Abstand.«

Emily schaute zu Alex. Er zuckte mit den Schultern.

»Und was sollen wir jetzt machen?«, fragte sie.

»Jetzt können wir uns kennenlernen«, antwortete Ali mit einem fröhlichen Lächeln.

Emily hatte das Gefühl, den kleinen Jason von früher vor sich zu haben, der mit seinem süßen Lächeln alle Herzen zum Schmelzen gebracht hatte. Ratlos sah sie Alex an.

»Warum schaust du mich an?«, fragte der. »Das ist eure Familienangelegenheit!«

»Wie kommst du überhaupt in dieses Auto?«, fragte Emily Jason.

»Ihr habt vergessen, abzuschließen, als ihr in den Supermarkt gegangen seid. Ich bin euch mit meinem Mountainbike gefolgt, als ihr bei uns losgefahren seid.« Er zuckte mit den Schultern. »Ich bin ja kein Kind mehr.«

Emily wusste nicht, was sie dazu sagen sollte.

»Was sollen wir jetzt machen?«, fragte sie nochmal und sah Alex an.

»Entweder ihr bleibt hier und redet oder wir fahren irgendwo hin.«

Jason fragte: »Wart ihr schon mal auf der Île de Ré?«

Beide schüttelten den Kopf.

»Da fahren wir oft mit Besuchern hin, wenn ihr wollt, können wir die Insel besuchen.«

Alex und Emily sahen sich an und zuckten mit den Schultern. Jason war kein kleiner Junge mehr, es war wohl nichts dabei, wenn er einen Samstag außer Haus verbrachte.

»Okay Jason, aber heute Abend bringen wir dich zurück nach Hause«, antwortete Alex. »Wir wollen ja nicht als Entführer verhaftet werden.«

Jason nickte und grinste. »Jason gefällt mir viel besser als Ali«, sagte er.

* * *

Hätten Alex und Emily die Entführung von Jason nicht gemeinsam erlebt, wären sie wahrscheinlich nicht losgefahren, ohne darauf zu bestehen, dass Jason seine Eltern informierte. Doch es war ungewiss, ob diese ihrem Sohn den Ausflug erlauben würden, deshalb schoben sie alle Bedenken beiseite und fuhren in Richtung *Île de Ré*, immer entlang der Atlantikküste. Sie sprachen nicht über die Vergangenheit. Jason erzählte von der Schule, von Frankreich. Emily hatte sich zu ihm auf die Rückbank gesetzt. Alex sagte nicht viel. Ab und an kreuzten sich ihre Blicke im Rückspiegel.

Jason war ganz anders als seine Schwester. Er lachte gern und plauderte völlig unbeschwert mit dieser Frau, die für ihn eigentlich eine Fremde war. Er erzählte ihnen von Marokko, von den landestypischen Sitten und Gebräuchen und davon, dass er dort eine schöne Kindheit gehabt hatte. Es hatte ihm an nichts gefehlt. Seine Worte waren Balsam für Emilys Seele. Er machte sich über den Beruf seines Vaters lustig und erzählte unterhaltsame Geschichten aus dessen urologischer Praxis. Ein typischer Teenager, der am liebsten von sich sprach. Schließlich fragte er die beiden, was sie denn machten.

»Ich studiere Kommunikationsdesign«, sagte Alex.

Jason rief: »Ich will auch etwas Künstlerisches studieren, auf keinen Fall Medizin. Obwohl Medizin in unserer Familie das einzig Wahre ist. Doch ich will mir nicht den ganzen Tag Prostata-Probleme anhören!«

Die anderen fielen in sein Lachen ein. Anschließend erzählte Emily von ihrer Arbeit als Konditorin und Altenpflegerin. Das Pfeifen im Ohr war verschwunden. Freude strömte wie ein Sonnenstrahl in ihre verletzte Seele.

In der Ferne konnten sie die Insel sehen, die mit einer Autobrücke mit dem Festland verbunden war. Jason übernahm nun die Rolle des Touristenführers: »Wisst ihr, dass es hier ein Gefängnis gibt? Für Schwerverbrecher!«

Er sah Emily an und diese fühlte sich in die Vergangenheit zurückversetzt. Schon als kleiner Junge hatte Jason immer gern im Mittelpunkt gestanden.

»Dort sind die richtig hoffnungslosen Fälle untergebracht, ich schwöre es!«

Sie fuhren über die etwa drei Kilometer lange Brücke, die die Insel mit dem Festland verband. Es war windig, doch die Sonne schien von einem hellblauen, wolkenlosen Himmel und Jason schaffte es, Alex und Emily mit seiner Lebensfreude anzustecken.

Direkt hinter der Brücke kamen sie in einen großen Kreisverkehr, in dem es Ausfahrten zu mehreren Ortschaften gab.

»Ist wohl recht groß, diese Insel«, bemerkte Alex erstaunt. »Wohin soll ich fahren?«

»Am besten fährst du gleich hier rechts nach Saint-Martin ab.«

Der Junge lotste sie zu einem Parkplatz außerhalb des Örtchens. Er befand sich am Rand einer großen Wiese, auf der dutzende Esel gemütlich grasten. Rechts stand die imposante Gefängnisfestung, umzäunt mit Stacheldraht und komplett von einem Stahlnetz überspannt.

»Wisst ihr, warum dort das Netz ist?«, fragte Jason ungeduldig.

Emily lächelte und scherzte: »Damit die Tauben nicht bei der Flucht helfen können?«

Er lachte. »Fast. Einmal ist einer von hier mit einem Helikopter geflohen! Mit einem Helikopter, stellt euch das mal vor!«

Sie liefen an der hohen Gefängnismauer vorbei und hinein in die pittoresken Gassen der Altstadt mit ihren Sandsteinhäuschen. Im Zentrum befand sich ein kleines Hafenbecken. Es war Ebbe und die Fischerboote und Segeljachten lagen im Schlick. In einem Hinterhof entdeckten sie ein altes Kino. Das *Cine Atlantique* war wohl nicht mehr in Betrieb, doch die Fassade mit dem abblätternden Putz und Resten alter Kinoplakate lud viele Passanten zum Fotografieren ein. Gern hätte sich Emily mit Jason fotografieren lassen, doch sie traute sich nicht so recht, ihn zu fragen. Er war für sie noch ein Unbekannter. Schließlich setzten sie sich in ein kleines Café und bestellten Getränke.

»Warum bist du mir gefolgt, obwohl du gestern behauptet hast, mich nicht zu kennen?«, fragte Emily.

»Ich dachte, ihr wärt irgendwelche Betrüger, die uns ausrauben wollen. Erst gestern, nachdem Alex bei uns war, begann ich, mich zu erinnern.«

Emily sah Alex an. »Du warst allein dort?«

»Ich hab ihm nur deine Telefonnummer und deine Adresse in Deutschland gegeben, falls er sich später vielleicht doch noch an dich erinnert. Ich wusste ja nicht, dass er gleich unser Auto kapern würde.«

»Ich hab danach mit meinen Eltern gesprochen. Meine Mutter – na ja, meine Stiefmutter hat mich damals entführt. Ich kann mich überhaupt nicht an diesen Tag erinnern. Ich habe wohl geweint, aber sie haben Späße gemacht und mir Spielsachen gezeigt und damit konnten sie mich ablenken. Komischerweise kann ich mich an die Schiffsfahrt ein bisschen erinnern. Ich war ziemlich seekrank. Am

Anfang habe ich viel geweint und nach dir gerufen, gar nicht so sehr nach meiner Mutter. Das haben sie mir erzählt. Bei mir war die Erinnerung an mein Leben vor Marokko wie ausgelöscht. Bis du das Lied gesungen hast. Ich wusste, ich kenne es. Und dann kamen plötzlich ein paar Erinnerungen zurück. Zwar nur bruchstückhaft, aber an dich und an das Lied konnte ich mich erinnern, Emi.«

Emily kamen die Tränen. »Soll ich dir die Geschichte erzählen? Möchtest du wissen, was damals passiert ist?«, fragte sie.

»Die Entführung meinst du?« Er zuckte mit den Schultern. »Meine Mutter hat mir erzählt, dass sie mit einem VW-Bus, den sie von Papas Freund geliehen hatten, aus Stuttgart gekommen sind. Sie haben mich mit Süßigkeiten in den Wagen gelockt. Sie fühlten sich bestätigt, dass es richtig war, was sie taten, weil gerade in dieser Woche, deine, äh, unsere Mutter Marion tagelang weg war und du mit einem jungen Mann beschäftigt warst. Sie hatten zwar große Angst, aber sie taten es für mich. Damit ich eine bessere Zukunft habe.«

»Und was denkst du darüber?«, wollte Emily wissen.

»Scheiße. Ich weiß nicht, was ich denken soll. Die ganze Zeit wusste ich, dass etwas nicht stimmt. Aber dass es so krass ist …« Er atmete aus und seine Lippen vibrierten. Wie ein Luftballon, der nicht zusammengeknotet war und deshalb die Luft verlor.

»Wäre es besser gewesen, wenn wir nicht gekommen wären?«, fragte Alex ruhig.

Jason zuckte mit den Schultern.

»Es wäre alles normal geblieben«, sagte Emily.

»Aber irgendwann wäre die Wahrheit ans Licht gekommen«, antwortete Jason.

»Vielleicht. Kannst du dich eigentlich an deine richtige Mutter erinnern?«, fragte Emily.

Er sah sie überrascht an.

»An unsere Mutter?«, korrigierte sie sich.

Er schüttelte den Kopf.

Emily kramte in ihrem Geldbeutel und zog ein altes, zerknittertes Foto heraus. Es zeigte vier Kinder und eine hübsche blonde Frau. »Das ist deine Mutter, sie heißt Marion.« Er betrachtete das Foto und sah sie unschlüssig an. »Hier, das bist du an deinem vierten Geburtstag.«

»Ich erinnere mich nicht.«

Sie sah ihn ungläubig an. »Wie? Du erinnerst dich nicht an deine Mutter, aber an ein Schlaflied?« Sie klang fast wütend.

»Lass ihn«, sagte Alex sanft und Emily verstummte.

»Ich kann doch nichts dafür, ich erinnere mich einfach nicht.«

»Entschuldige bitte, du kannst wirklich nichts dafür.«

»Wie ist sie denn so, Marion?«, fragte Jason verlegen.

Emily dachte nach. »Ich habe schon sehr lange keinen Kontakt mehr zu ihr. Wir sind, nachdem du weg warst, im Streit auseinandergegangen. Sie hat zwar später mehrmals versucht, mich zu treffen und mit mir zu sprechen, aber ich war so wütend auf sie, dass ich das nicht wollte. Anfangs fühlte ich mich schuldig, weil du entführt worden warst, und sie hat mich ganz übel beschimpft und wollte mit mir nichts zu tun haben. Doch dann habe ich mithilfe einer Therapeutin verstanden, dass sie genauso schuld war. Sie hat sich einfach nicht um uns gekümmert. Deshalb habe ich alle Brücken abgebrochen. Sie hat mir ein paar Briefe geschrieben, die habe ich einfach weggeworfen. Ich konnte sie nicht lesen.«

Emily trank ihren Espresso in einem Zug aus.

»Und die anderen Kinder?«

Sie sah ihn an. »Du meinst unsere anderen Geschwister? Chayenne arbeitet als Verkäuferin und Jeremy ist Maler. Als wir zwei weg waren, hat sie sich wohl ganz gut um sie gekümmert. Sie sind trotzdem früh ausgezogen. Wir sprechen und schreiben uns regelmäßig, aber über meine Mutter unterhalten wir uns nicht.«

»Ich muss meine Eltern auch verlassen, nach dem, was sie mir angetan haben«, meinte Jason nachdenklich.

Emily sah ihn ratlos an. Was sollte sie darauf antworten?

»Wer will denn noch ein Eis?«, fragte sie übergangslos. »Dort drüben ist eine nette Eisdiele.«

Die anderen waren für die Ablenkung dankbar und bald darauf schlenderten sie mit ihren Eishörnchen durch die Altstadt.

»Hast du eigentlich eine Freundin?«, fragte Emily.

Jason antwortete in Machomanier: »Nein, die Mädchen in der Schule sind doof. Ich mag lieber richtige Frauen.«

Alex und Emily grinsten.

Kurz darauf holten sie sich in einem kleinen Supermarkt etwas Proviant für später und spazierten an der

Uferpromenade entlang zu einem nahegelegenen Strand. Dort bauten sie gemeinsam eine Sandburg und sammelten Muscheln. Keinem von ihnen kam das kindisch vor und sie wetteiferten darum, eine wirklich noble Burg zu bauen, ein richtiges Sandkunstwerk. Sie hatten ihre Hosen hochgekrempelt und genossen die Sonnenstrahlen auf der Haut und das unbeschwerte Zusammensein.

Alex musterte die ungleichen Geschwister nachdenklich. Sie hatten das Rätsel der Vergangenheit tatsächlich gelöst. Jason war bei liebevollen Eltern aufgewachsen. Es gab ein Happy End, so weit das möglich war. Waren sie jetzt auch am Ende ihres gemeinsamen Weges angekommen? Obwohl Emily ihm mehr als deutlich signalisiert hatte, dass sie Gefühle für ihn hegte, war er sich nicht sicher, was er wollte. Es war wunderschön, wenn sie zusammen waren, aber sie war unberechenbar. Erst jetzt wurde ihm richtig klar, wie sehr sie ihn verletzt hatte, als sie einfach verschwunden war. Das wollte er nicht noch einmal erleben. Er saß nachdenklich im Sand, etwas abseits von den beiden, und beobachtete die Wellen. Plötzlich vibrierte sein Telefon.

Es war eine Nachricht von Marie: »Hi, ich lösche gerade Kontakte, die ich nicht mehr brauche. Soll ich dich auch löschen?« Dahinter ein Smiley.

Marie. Das Treffen mit ihr schien Jahre zurückzuliegen, dabei war es erst ein paar Wochen her, dass er sie kennengelernt hatte. Es kam ihm vor wie ein anderes Leben. Ein unbeschwerteres Leben, wenn er ehrlich war. Alex dachte an den Moment, als er Luftsprünge gemacht hatte, weil

Marie ihm ihre Nummer gegeben hatte. Sollte er das weg-werfen?

»Darüber wäre ich sehr traurig«, schrieb er zurück und schickte die Nachricht sofort ab.

Kurz hatte er ein schlechtes Gewissen ihr gegenüber. Wollte er sich nur eine Fluchttür offenhalten? Er wusste es nicht. Statt weiter darüber nachzudenken, sah er sich ihre Facebook-Seite an. Sie tanzte gern, sah blendend aus, studierte Geschichte und war eigentlich der Traum jedes Mannes.

»Bist du morgen auf der Party von Timo?«, schrieb sie zurück.

In diesem Moment lief Emily auf ihn zu.

Kapitel 21

Alex steckte hastig sein Telefon ein und lächelte sie an. Doch Emily merkte sofort, dass etwas nicht stimmte, sein Lächeln wirkte aufgesetzt. Sie sah ihn unsicher an. Hatte sie etwas falsch gemacht?

»Wir sollten dich langsam nach Hause fahren«, rief Alex Jason zu und stand auf.

»Ich gehe nicht zurück nach Hause«, antwortete Jason bestimmt.

»Wie meinst du das?«

»Ich brauche eine Pause von meinen Eltern. Muss erst mal kapieren, was da passiert ist.«

Emily sah Alex ratlos an.

Der antwortete ruhig: »Ich denke, fürs Erste wäre es das Beste, wenn du wieder zurückgehst.«

»Wir bleiben ja in Kontakt«, fügte Emily hinzu.

»Kann ich nicht bei euch bleiben? Ihr seid so cool!«

»Das geht nicht«, antwortete Alex.

»Warum nicht?«

»Weil du minderjährig bist und zur Schule musst. Wir bringen dich jetzt zurück zu deinen Eltern«, erwiderte Alex mit fester Stimme.

»Ich will aber nicht.«

»Deine Eltern werden die Polizei einschalten, wenn wir dich nicht zurückbringen«, versuchte Emily ihn zu überzeugen.

»Das machen sie bestimmt nicht, wenn ihr damit droht, der Polizei zu erzählen, was damals passiert ist.«

»Aber Karim ist doch trotzdem dein Vater.« Emily klang wenig überzeugend.

»Warum seid ihr dann hergekommen?«, fragte Jason. »Um mir alles zu erzählen und mich wieder zu verlassen?«

Alex und Emily sahen sich ratlos an. »So weit haben wir nicht geplant, wir wussten ja nicht einmal, ob wir der richtigen Spur folgten«, gab Alex zu.

Jason sah sie vorwurfsvoll an. »Ihr habt mir das eingebrockt. Und ihr müsst mir jetzt helfen!«

»Okay, jetzt mal langsam!«, sagte Emily und sah Jason an. »Wenn du nach Deutschland kommen möchtest, bin ich gern bereit, dir zu helfen. Doch wir müssen das Ganze langsam und mit Bedacht angehen und die rechtliche Seite prüfen.«

»Ich möchte aber nicht mehr zu meinen Eltern zurück«, jammerte Jason und erinnerte dabei mehr an einen Achtjährigen als an einen Fünfzehnjährigen.

»Wenn wir dich einfach mitnehmen, könnten wir beide ins Gefängnis kommen. Du hast doch selbst gesagt, dass du eine schöne Kindheit hattest. Deine Eltern lieben dich.«

»Aber meine Mutter ist nicht meine richtige Mutter!«

Emily nahm Jasons Hände und sah ihm in die Augen. »Ich schwöre dir: Ich wünsche mir nichts mehr im Leben, als dass du bei mir bist. Doch wir dürfen nichts überstürzen, okay?«

Er zuckte resigniert mit den Schultern. »Aber sie haben mich belogen, wie soll ich mit ihnen leben?«

Sie strich ihm übers Haar. »Sie scheinen keine schlechten Eltern gewesen zu sein.«

»Sie sind okay«, antwortete er traurig. »Aber sie sind Lügner.«

Emily überlegte kurz und fragte: »Habt ihr in Frankreich auch Herbstferien?«

Jason nickte. »Im Oktober.«

»Was hältst du davon, wenn du mich in den Ferien in Deutschland besuchst? Dann kannst du unsere Mutter und unsere Geschwister kennenlernen und siehst, wie wir leben.«

Jason nickte erfreut und Alex wunderte sich über Emilys weise Antwort. Er überlegte, ob er Emily je so besonnen erlebt hatte. Das war eigentlich bis jetzt immer seine Aufgabe gewesen. Doch die letzten Tage schienen sie verändert zu haben.

Auf der Rückfahrt hing jeder seinen Gedanken nach und sie sprachen kaum miteinander.

Vor Jasons Elternhaus stiegen sie aus und Emily umarmte ihren Bruder. In der offenen Haustür stand Frau Habib und sah ihnen ängstlich entgegen. Ob sie geglaubt hatten, dass Jason für immer verschwunden war? Ein wenig überkam Emily ein schlechtes Gewissen. Ihre Blicke kreuzten sich und Frau Habib nickte ihr zu.

»Sehen wir uns morgen wieder?«, fragte Jason.

Emily nickte. Frau Habib nickte ebenfalls und lächelte sie an. Dann winkten ihr die beiden und schlossen die Tür.

Im Auto ließ Emily sich tief ins Polster sinken. Alex musterte sie und sagte: »Du solltest noch ein paar Tage hierbleiben.«

Sie schaute gedankenverloren aus dem Fenster und nickte.

Er räusperte sich. »Ich muss aber morgen früh nach Deutschland zurück.«

Plötzlich fühlte Emily sich verloren und hätte ihn am liebsten angefleht, zu bleiben. Stattdessen sagte sie leise: »Klar, das verstehe ich.«

Sie schluckte die Traurigkeit hinunter und sagte: »Danke für alles, was du für uns getan hast. Ich weiß nicht, wie ich dir das jemals zurückgeben soll.«

»Ich habe es auch für mich gemacht«, antwortete er.

Sie sah ihn an und dachte: *Fahr nicht!* Doch aussprechen konnte sie es nicht. Sie hatte es vermasselt, ihn zu oft enttäuscht.

»Ich hab es verbockt, nicht wahr?«, fragte sie deshalb stattdessen mit belegter Stimme.

»Du bist einfach unberechenbar. Deine Stimmungsschwankungen, die Gefühlsausbrüche, das ist anstrengend und ich brauche jetzt erst mal eine Pause.«

Jedes Wort war für Emily wie ein Schlag. Hastig blinzelte sie die Tränen weg. Auf keinen Fall sollte er merken, wie sehr er sie verletzt hatte.

Etwas versöhnlicher fügte er hinzu: »Außerdem braucht mich Laura im Café, ich kann nicht so lange Urlaub machen.«

Emily nickte und sah aus dem Fenster, damit er nicht sah, wie traurig sie war.

Schweigend fuhren sie zurück zum Ferienhäuschen. Alex hatte die Vermieterin informiert, dass sie noch einmal dort übernachten würden, da sie für den Tag ja sowieso bezahlen mussten. Das war kein Problem und so packten sie ihre Sachen wieder aus.

Im Bett wälzte Emily sich unruhig hin und her. Am liebsten wäre sie zu Alex ins Wohnzimmer gegangen und hätte sich in seinen Arm gekuschelt. Doch sie traute sich nicht. Alex war immer noch freundlich zu ihr, doch sie spürte seine abweisende Haltung, die Distanz, die sich zwischen ihnen aufgebaut hatte. Erst am frühen Morgen schlief sie ein.

Als sie aufwachte, regnete es. Durch das Fenster sah sie, dass ein starker Wind wehte. Hastig sprang sie aus dem Bett und riss die Haustür auf. Das Auto war weg, Alex war abgereist, ohne sich zu verabschieden.

* * *

Alex zappte genervt durch die Radiosender. Er brauchte laute Rockmusik, doch die meisten Sender boten entweder herzzerreißende Balladen oder alte Popschlager. Nach langem Suchen fand er endlich einen Sender, der französischsprachige Rockmusik spielte. Die lauten Bässe halfen ihm, seine Gedanken zu sortieren. Während er die Atlantikküste verließ und Richtung Paris fuhr, wurde er ruhiger. Die Autobahn war leer und er war froh, allein zu sein. So hatte er genug Zeit, um über die Geschehnisse der letzten Tage nachzudenken. Es kam ihm fast unwirklich vor, dass sie den Jungen tatsächlich gefunden hatten und er sogar in ihrem Nachbarland lebte!

Es ging ihm gut und er konnte jederzeit seine erste Familie besuchen.

Alex hatte das Gefühl, seine Schuld endlich gesühnt zu haben. Nun war er frei von der jahrelangen Last, von dem Gefühl, mitverantwortlich für dieses Drama zu sein, das vor fast elf Jahren seinen Lauf genommen hatte. Natürlich hatten damals alle beteuert, dass er keine Schuld trug. Rational wusste er das. Aber eine Stimme in ihm sagte ihm, dass es nicht zu Jasons Entführung gekommen wäre, wenn er Emily nicht abgelenkt hätte. Jetzt, wo sie die Wahrheit kannten, war klar, dass die Habibs einfach einen anderen Moment abgewartet hätten. Aber das hatte er nicht wissen können.

Das Schuldgefühl war ihm über die Jahre fast schon ein guter Freund geworden, sodass es ihm nun überraschend schwerfiel, es loszuwerden. Er dachte an Emily und fragte sich, wie sie ab jetzt miteinander umgehen sollten. In den letzten Tagen hatte sie ihm ganz offen gezeigt, dass er ihr wichtig war. Doch als sie ihn in dem Café hatte sitzen lassen und nicht ans Telefon gegangen war, waren die Verlustangst und die Orientierungslosigkeit von damals sofort wieder präsent gewesen. Er wusste nicht, ob er ihr das verzeihen konnte – und er wollte es auch nicht wieder erleben, dieses Gefühl der Verlassenheit, der Enttäuschung. »Solch eine Beziehung hat doch keine Zukunft«, murmelte er.

Nachdem er den Wagen in Paris abgegeben hatte, nahm er den TGV, der ihn innerhalb von drei Stunden zurück nach Mannheim brachte. Die ganze Zeit dachte er an Emily und ärgerte sich deshalb über sich selbst.

Als er in seiner Wohnung das Gepäck unsanft abgestellt hatte, beschloss er, dass dies ein Ende haben musste. Auf keinen Fall wollte er an diesem Abend allein zu Hause hocken. Da kam ihm Timos Geburtstagsparty gerade recht.

Nachdem er sich in seiner Wohnung noch kurz von der langen Fahrt erholt hatte, verließ er das Haus und ging zu Fuß zu der Party. Er wusste, dass seine Mitbewohner ebenfalls dort sein würden und freute sich auf ihre Gesellschaft. Aus den Fenstern des Studentenwohnheims, das sich direkt neben der Hochschule befand, strömte ihm bereits laute Musik entgegen. Vor dem Eingang standen ein paar Studenten mit Bier in der Hand und unterhielten sich. Er ging hinein, grüßte ein paar Freunde und ließ sich auf eine alte schwarze Ledercouch sinken, die in einer Ecke stand. Erst jetzt merkte er, wie müde er war. Vielleicht war es doch keine gute Idee gewesen, zu der Party zu gehen.

»Was ist denn mit dir los?«, hörte er plötzlich eine sanfte Stimme und blickte auf. Vor ihm stand Marie.

»Ich bin nur etwas müde«, antwortete er und schenkte ihr ein kleines Lächeln.

Marie trug ein kurzes rotes Sommerkleid und hatte die Haare zu einem losen Zopf gebunden. Ein paar blonde Strähnen fielen ihr ins Gesicht. Offensichtlich war sie ebenfalls im Urlaub gewesen, denn sie war braun gebrannt und roch nach frischer Minze. Während sie an einem Glas Mojito nippte, sah sie ihn abwartend an. Sie hatte ihm den Ball zugeworfen, jetzt war er an der Reihe. Sollte er in das Spiel einsteigen? Um ihn herum tanzten einige Gäste fröhlich zu Reggae-Musik oder unterhielten sich angeregt. Diese Ausgelassenheit war wohltuend und offensichtlich auch ansteckend, denn er entschied sich, trotz seiner Müdigkeit und der trüben Gedanken ein bisschen mit ihr zu flirten.

»Du riechst nach Minze, ist das der neue Mojito-Duft?«

Sie lachte und warf dabei ihren Kopf nach hinten. Dann nahm sie seine Flirt-Einladung an und setzte sie sich neben ihn auf die Ledercouch. »Ja, möchtest du mal riechen?«

Im ersten Moment war sich Alex nicht sicher, ob das ernst gemeint war. Doch sie kicherte einladend, durch den Cocktail anscheinend schon etwas angeheitert. Also schnupperte Alex an ihrem Hals, ohne über die Konsequenzen nachzudenken.

»Wie ein Kräutergarten«, sagte er genießerisch.

»Genau. Und wonach riechst du?«

»Komm lieber nicht näher, ich habe eine lange Reise hinter mir«, sagte er abwehrend.

»Aha«, gab sie zurück. »Warst du mit deiner Freundin verreist?«

Er sah sie irritiert an und antwortete schnell: »Nein, ich habe keine Freundin.«

Kapitel 22

Emily stand schon früher als verabredet vor dem Aquarium und ging ungeduldig den großen Platz davor auf und ab. Regenwolken und Sonne lieferten sich heute einen Wettstreit. Gerade als sich wieder eine Regenwolke vor die Sonne drängte und die ersten Tropfen fielen, kam Jason. Er war gekleidet wie die meisten Jugendlichen in seinem Alter: Über dunkelblauen Shorts trug er ein hellblaues, mit einem unleserlichen Schriftzug bedrucktes Shirt. Schon von Weitem lächelte er sie an. *Als Kind war er auch ein Sonnenschein*, dachte Emily und lächelte ebenfalls.

»Wo ist denn Alex?«, fragte ihr Bruder, nachdem sie sich mit einer etwas unsicheren Umarmung begrüßt hatten.

»Er ist wieder nach Deutschland gefahren«, antwortete Emily leise.

»Schade, er ist echt cool.«

»Dann lass uns mal das Aquarium ansehen«, sagte sie gespielt fröhlich, um weitere Fragen zu vermeiden.

»Gern!«, antwortete ihr Bruder.

Das Aquarium war riesig, doch Jason schien sich sehr gut auszukennen. »Immer wenn Besuch kommt, gehen wir ins Aquarium. Ich kenne die Fische mittlerweile beim Namen«, seufzte er.

»Warum hast du es denn vorgeschlagen?«

Er zuckte mit den Schultern. »Weil ich mich hier gut auskenne. Ich wollte nichts dem Zufall überlassen«, gab er zu.

Emily war gerührt und ihr wurde bewusst, dass sie kaum etwas über ihn wusste. Sie hatte so viel von seinem Leben verpasst!

»Erzähl mir mehr von dir«, bat sie.

»Ach, da gibt es nichts besonders Spannendes. Ich gehe in die zehnte Klasse, spiele Klavier und Fußball und muss zusätzlich Englisch lernen. Damit aus mir auch was wird«, antwortete er mit einem leicht ironischen Unterton.

»Macht es dir Spaß?«

»Geht so«, erwiderte er und sah einer Riesenschildkröte zu, wie sie ein Bad im Becken nahm.

Nachdem er noch ein wenig von seinen Freunden und der Schule erzählt hatte, wagte seine Schwester, die Frage zu stellen, die sie die ganze Zeit beschäftigte: »Wie geht es dir denn jetzt mit dem Wissen über deine Vergangenheit?«

»Bis du gekommen bist, ging es mir gut, ich habe ein normales Leben gelebt. Ich hab mich zwar gewundert, dass es keine Fotos von mir als Baby oder Kleinkind gibt und dass meine Eltern mir nur selten etwas aus dieser Zeit erzählen, aber sie haben behauptet, dass es einen Wohnungsbrand gegeben hätte, bei dem alles vernichtet wurde. Irgendwie habe ich gespürt, dass da noch etwas ist, aber es hat mich nicht belastet. Du hast mein Leben ziemlich auf den Kopf gestellt.«

»Du musstest irgendwann die Wahrheit erfahren«, verteidigte Emily sich.

»Papa hat mir versichert, dass er es mir bald erzählt hätte.«

»Wie nett von ihm«, gab Emily zurück und ihre Stimme triefte vor Sarkasmus.

»Und trotzdem verlangst du von mir, bei ihnen zu bleiben«, maulte Jason.

»Fürs Erste ist das das Beste. Du kennst unsere Mutter ja gar nicht mehr«, gab sie zu bedenken.

»Und du?«

»Was soll mit mir sein?«, fragte Emily.

»Hast du wirklich seit zehn Jahren keinen Kontakt mehr zu ihr?«

Sie schüttelte den Kopf. »Nein, aber vielleicht ist es jetzt an der Zeit, dies zu ändern.«

»Wie ist sie?«, fragte er.

»Sie ist wunderhübsch, aber absolut ungeeignet, sich um Kinder zu kümmern. Oder vielleicht hätte sie erst ab vierzig Kinder bekommen sollen. Sie … sie liebte das Leben. Sie hat in einem großen Kaufhaus in der Luxus-Abteilung gearbeitet.«

Emily wählte ihre Worte mit Bedacht, sie wollte nicht, dass Jason einen schlechten Eindruck von ihrer Mutter bekam. Schon ihr war es peinlich gewesen, dass jedes ihrer Geschwister einen anderen Vater hatte, wie musste das erst für Jason sein, der bisher in einer wohlbehüteten Familie aufgewachsen war?

Jasons Neugier bezüglich ihrer Mutter schien gestillt, denn er fragte: »Was hast du gemacht, als ich weg war?«

»Es war die Hölle auf Erden«, seufzte sie.

Sie hatten den Raum mit den Haien erreicht. Sie waren ganz allein in dem Raum. Es war dunkel und lediglich von dem großen Haifischbecken kam etwas Licht. Aus unsichtbaren Lautsprecherboxen dröhnte dramatische Orchestermusik. Sie setzten sich in das kleine Auditorium und sahen durch die riesige Scheibe dem Treiben der Raubfische zu. Emily hatte das offene Gespräch mit ihrem Bruder sehr aufgewühlt und sie weinte leise. Hilflos sah ihr Bruder sie an und zog ein Taschentuch aus seiner Hosentasche.

»Das ist scheiße, Mensch, echt mies.«

»Das Gute ist, dass es dir die ganze Zeit gut ging. Ich habe mir über die Jahre so viele schreckliche Schicksale ausgemalt, die dir hätten passieren sein können.«

»Du meinst ...« Er sprach es nicht aus und schwieg stattdessen nachdenklich. Dann tat er etwas, das Emily von einem Teenager nicht erwartet hätte: Er nahm ihre Hand und sagte: »Komm, lass uns in der Cafeteria ein Stück Kuchen essen.«

Emily war gerührt, ihr kleiner Bruder war so groß geworden! Sie war in diesem Moment sehr stolz auf ihn. Während sie jeweils ein Stück Sahnetorte aßen und Limonade dazu tranken, wollte Jason wissen, warum Alex allein zurückgefahren war.

»Wir sind kein Paar, Alex und ich.«

»Warum nicht?«

»Ich hab zu viel Mist gebaut«, sagte sie.

»Warum?«

»Hey, du bist viel zu alt für dein Alter.« Sie verwuschelte ihm das Haar.

»Er ist doch sehr nett und offensichtlich total verknallt in dich.«

»Woher willst du das wissen?«

»Ich bin selbst ein Mann und wir Männer sehen so etwas.«

Am liebsten hätte sie laut gelacht, denn in ihren Augen war er noch ein Kind. Doch sie wusste, dass ihn das verletzt hätte, deshalb lächelte sie nur und sagte: »Ich verstehe.«

»Den würde ich mir unbedingt warmhalten«, meinte er mit einem schelmischen Blick. »Obwohl, als arabischer Mann muss ich die Ehre meiner Schwester beschützen«, fügte er mit einem Augenzwinkern hinzu.

»Hey, vergiss nicht, dass ich älter bin als du. Was würdest du denn konkret machen an meiner Stelle, Herr Alleswisser?«, fragte sie.

Diese Anrede schien ihm zu gefallen. Er atmete einmal tief ein und aus und sagte: »Wenn ich ein Mädchen lieben würde, dann würde ich alles für sie tun und nicht aufgeben, bis ich sie bekomme.«

»So einfach ist das nicht«, meinte Emily nachdenklich.

»Warum denn nicht?«, fragte er schlicht und trank seine Limonade in einem Zug leer.

Kapitel 23

Während seines Aufenthalts in Frankreich hatte Alex Laura stets auf dem Laufenden gehalten – darauf hatte sie vor seiner Abreise bestanden. Nun war sie gespannt, von ihm persönlich zu hören, wie es gelaufen war. Als er das Café betrat, begrüßte sie ihn freudestrahlend. Luca saß an seinem Stammplatz und sah ihn erwartungsvoll an.

»Hey, da ist ja unser Inspektor Columbo. Erzähl mal, wie es war, ich will jedes Detail wissen!«

»Na ja, mit ein bisschen Recherche war es gar nicht so schwierig, den Jungen zu finden.«

»Ha«, lachte Laura auf, »jetzt hör auf, es so runterzuspielen.«

Alex gab Laura und Luca eine kurze Zusammenfassung der Geschehnisse.

»Und was macht ihr jetzt? Kommt der Junge nach Deutschland?«

Alex zuckte mit den Schultern. »Das glaube ich nicht. Das ist ja alles nicht so einfach. Er spricht kein Deutsch, hat Eltern, die ihn lieben ... Emily ist noch dort und ich weiß nicht, was die zwei sich ausdenken werden.«

»Emily ist also wirklich allein dort geblieben?«, fragte Laura.

Alex nickte stumm und Laura wurde klar, dass es kein Happy End zwischen den beiden gab.

»Das Wichtigste ist ohnehin, dass es ihm gut ging in diesen ganzen Jahren, und dass der Spuk endlich ein Ende hat«, meinte Alex betont gleichgültig.

»Das kann man wohl sagen, es freut mich für Emily«, meinte Laura. Dann fügte sie mit einem Zwinkern hinzu: »Schön, dass du wieder da bist. Es haben einige Mädels nach dir gefragt.«

Alex, der sonst auf solche Sprüche immer etwas Witziges konterte, zuckte nur mit den Schultern.

Luca räusperte sich und verabschiedete sich. Wäre Alex nicht so mit sich selbst beschäftigt gewesen, wäre ihm der Blick aufgefallen, den der Fotograf Laura zuwarf. Es war ein sehnsüchtiger, aber trauriger Blick.

»So, Großer, wir sind unter uns. Was ist denn passiert?«, fragte Laura, als Luca weg war.

»Das habe ich dir doch erzählt.«

»Ich meine zwischen dir und Emily.«

»Ach, so einiges ...«

»Ich brauche keine intimen Details, aber irgendwie bist du bedrückter als vor eurer Abreise, obwohl ihr Jason gefunden habt. Und im Grunde ist sie doch auch wegen dir nach Frankreich gefahren, oder?«

»Ich hab festgestellt, dass ich mit ihrer unberechenbaren Art nicht zurechtkomme. Damals, als wir noch Teenies waren, fand ich es schon schlimm, als sie plötzlich einfach weg war. Und so etwas Ähnliches hat sich in La Rochelle ereignet. Ich habe mir furchtbare Sorgen um sie gemacht und sie hat einfach nicht daran gedacht, sich bei mir zu melden. Ist nicht mal ans Telefon gegangen. Marie dagegen ist unkompliziert, lebensfroh und wir haben keine traurige Vergangenheit ...«

Laura sah ihn nachdenklich an.

»Und?«, fragte er nach einer kurzen Pause.

»Und was?«

»Was denkst du?«

»Das ist nicht von Belang. Du hast anscheinend eine Entscheidung getroffen und das ist dein gutes Recht.«

»Ja, das habe ich wohl«, antwortete er.

»Ich hoffe nur, du bereust sie nicht. Die perfekte Frau gibt es nämlich nicht.«

* * *

Während Emily im TGV nach Deutschland saß und die eintönige Landschaft an ihr vorbeizog, flogen mindestens genauso schnell die Gedanken durch ihren Kopf. Es war erst vier Tage her, dass sie auf der *Île de Ré* gewesen waren. Und doch war seither so viel passiert. Sie hatte sich noch zweimal mit ihrem Bruder getroffen und sie hatte mit seinen Eltern vereinbart, dass er sie in ein paar Wochen, während seiner Herbstferien, in Heidelberg besuchen würde. Bis dahin wollten sie regelmäßig telefonieren und skypen.

Dieser Plan gab ihr etwas Zeit, um sich auf das Gespräch mit ihrer Mutter vorzubereiten. Sie wollte ihr trotz des tiefen Grabens, der zwischen ihnen verlief, erzählen, dass sie Jason nach all den Jahren gefunden hatte. Zunächst war Jason der Meinung gewesen, dass es seine Aufgabe war, mit seiner leiblichen Mutter Kontakt aufzunehmen. Er wollte ihr schreiben. Doch das hatte Emily ihm ausgeredet. Irgendwie hatte sie das Gefühl, dass es an ihr war, die

Nachricht zu überbringen. Der Gedanke, ihre Mutter nach so vielen Jahren wiederzusehen, rief gemischte Gefühle in ihr hervor. So vieles war unausgesprochen oder im Unklaren geblieben und musste entknotet werden. Bei diesem Gedanken erinnerte sie sich an ihre Sportschuhe aus der ersten Klasse. Sie hatte einmal einen Dreifachknoten gemacht und ewig gebraucht, um ihre Schuhe zu öffnen. Der erste Knoten ließ sich noch ganz gut öffnen, der zweite war schon viel schwieriger zu entwirren und der letzte Knoten war so festgezurrt, dass sie am Ende eine Schere genommen und ihn durchtrennt hatte. Danach hatte sie erst mal einen Wollfaden nehmen müssen, bis sie neue Schnürsenkel hatte.

Ihr Leben kam ihr derzeit wie ein Nest voller Knoten vor. Sobald einer gelöst war, befand sich darunter ein noch festerer. So hatte sie gerade erst Jason gefunden, doch nun galt es, ihre Beziehung zu ihrer Mutter zu entknoten – und sie wollte ungern wieder die Schere zücken. Sie hatte endlich das Gefühl der Schuld ablegen können, aber sie hatte Alex erneut verletzt und ein neues Beziehungswirrwarr zu lösen.

Ihr kleiner Bruder hatte ihr geraten, zuerst zu Alex zu fahren und ihn zurückzuerobern. Obwohl Jason erst fünfzehn war, beschloss sie, auf ihn zu hören. Sie nahm sich fest vor, es diesmal nicht zu versauen. Ohne Alex war es irgendwie anders gewesen in La Rochelle, sie sehnte sich nach ihm. Er war ihr Fels in der Brandung gewesen und sie hatte ihn ziehen lassen. Aber hatte sie überhaupt noch eine Chance bei ihm? Als er ihr mitgeteilt hatte, dass er zurückfahren würde, hatte sie in seiner Stimme eine Endgültigkeit wahrgenommen. Er hatte sich von ihr distanziert und sie konnte es ihm nicht verübeln. Wenn sie ehrlich war, hätte sie vor sich selbst schon viel früher die Flucht ergriffen. Wie konnte sie ihm zeigen, dass er ihr vertrauen konnte?

* * *

Alex packte hastig die Bücher in seine Tasche, da er heute eine Abend-Schicht im Café übernommen hatte. Er musste noch ein paar Besorgungen erledigen und wollte die schweren Bücher aus der Universitätsbibliothek vorher in seiner WG ablegen.

Viel Zeit, über Frankreich, Emily und Jason nachzudenken, hatte er während der letzten Tage nicht gehabt. Stattdessen hatte er häufiger Zeit mit Marie verbracht, die ihm beim Brainstorming für eine Idee für einen neuen Kurzfilm half. Sein Prof hatte ihm nahegelegt, einen Beitrag für einen Wettbewerb abzugeben. Der Kurzfilm hatte ihm sehr gut gefallen, aber für den Wettbewerb musste er das Thema leicht abändern und er benötigte mehr Filmminuten. Marie hatte einige gute Anmerkungen zu seiner Arbeit gemacht. Sie hatte eine erfrischend leichte Art, die ihm guttat.

Alex lief eilig auf den Ausgang zu, als er vor dem Eingangsportal plötzlich auf Marie traf. Sie umarmte ihn strahlend und fragte: »Na, was liest du?«

»Ach, ich habe ein paar Filmbücher ausgeliehen. Vielleicht hilft es.«

»Wir können ja zusammen einen Blick reinwerfen.«

»Gern.«

»Apropos Bücher: Hast du das Buch dabei, das du mir ausleihen wolltest?«

Alex sah sie schuldbewusst an: »Das hab ich total vergessen.«

»Mist, ich bräuchte es wirklich dringend.«

»Wenn du Zeit hast, könntest du mitkommen, ich muss eh nach Hause.«

Dann mussten die Einkäufe eben bis morgen warten.

»Oh, eine Einladung zu dir nach Hause?«, fragte sie kokett und lächelte ihn provokativ an.

Er schmunzelte und ließ seine Augen über sie gleiten. Sie war wirklich umwerfend. Die Stretch-Jeans und das weite hellblaue Oberteil standen ihr besonders gut.

»Alles klar, dann fahren wir nach Heidelberg«, meinte Marie fröhlich.

Auf der kurzen Fahrt unterhielten sie sich über verschiedene Filme, die ähnliche Themen hatten.

Als sie schließlich vor Alex' Haustür standen, warnte er: »Es ist eine nicht aufgeräumte Männer-WG!«

»Du machst es spannend«, antwortete Marie und grinste.

Alex öffnete die Tür. Es war ungewöhnlich still. »Ich glaube, es ist keiner da«, sagte er sehr leise.

»Ach?«, fragte Marie genauso leise und schenkte ihm einen verführerischen Augenaufschlag.

In diesem Moment ertönte ein Klappern aus der Küche. Alex legte seinen Rucksack ab und ging in diese Richtung. Er traute seinen Augen nicht. Vor ihm stand Emily. Sie trug das grüne Kleid, das sie in La Rochelle gekauft hatte. Er war so sauer auf sie gewesen, dass er ihr nie ein Kompliment für das Kleid gemacht hatte. Doch es stand ihr hervorragend, sie sah wunderschön darin aus. In der Hand hielt sie eine Kuchenplatte. Darauf war eine kunstvoll verzierte Torte in Form eines Herzens. Auf dem blauen Guss befanden sich zwei Steine, umgeben von Wellen. Auf dem einen Stein saß ein Mann, auf dem anderen eine Frau. Sie hielten sich an den Händen. Verdutzt sah Alex sie an, wie ein Museumsbesucher, der versucht, ein modernes Bild zu begreifen, es aber nicht versteht, egal wie sehr er die Augen zukneift. Über der 3-D-Landschaft stand in Zuckerschrift: *I ♥ you. Emily.*

Mit einem schüchternen Lächeln hob sie den Kuchen leicht schräg, damit er ihn besser sehen konnte. »Du bist mein Fels in der Brandung und ich will deiner sein«, flüsterte sie mit belegter Stimme.

»Na, kochst du schon etwas?«, rief Marie und warf einen Blick in die Küche.

Alex stand völlig überrascht in der Türschwelle und bewegte sich nicht. Maries Blick ging zwischen Emily und Alex hin und her.

»Hast du Geburtstag?«, fragte sie schließlich und sah Alex irritiert an.

Er schüttelte den Kopf.

»Verstehe«, meinte sie. »Ich glaub, ich geh dann mal.«

»Äh, ich wollte dir doch das Buch geben«, sagte er.

»Nein danke, ich frage einfach jemand anderen.«

Er lief hinaus, um Marie zu verabschieden, doch sie knallte die Tür hinter sich zu und er konnte hören, wie sie die Treppe hinuntereilte. Sollte er ihr nachlaufen?

Emily wäre am liebsten im Erdboden versunken, sie fühlte sich schrecklich gedemütigt. Trotzdem beschloss sie, nicht schon wieder wegzurennen.

Als Alex zurück in die Küche kam, sah sie ihm mit einem trotzigen Blick in die Augen und sagte: »Die ist für dich.«

Doch Alex machte keine Anstalten, ihr die Torte abzunehmen. »Was soll das bedeuten?«, fragte er gereizt.

»Dass ich dich liebe und dich nicht mehr verletzen werde«, sagte sie leise mit einem verstohlenen Blick auf den Zuckerguss.

»Glaubst du, dass du mit einem schönen Kuchen alles wiedergutmachen kannst?«

Sie zuckte hilflos mit den Schultern und sagte mit bebender Stimme: »Nein, aber ich wollte mich entschuldigen und dir zeigen, wie viel du mir bedeutest. Ich hatte gehofft, dir damit eine Freude zu machen. Taten statt Worte.«

Ihr letzter Satz klang so unsicher, als ob sie selbst nicht ganz davon überzeugt wäre. Da Alex sich nicht rührte, ging sie langsam auf ihn zu und sah ihm dabei die ganze Zeit in die Augen, die Torte hielt sie immer noch leicht schräg.

»Was denkst du dir eigentlich? Kommst immer dann wieder einen Schritt auf mich zu, wann es dir passt? Und dann soll alles sofort so laufen, wie du es willst!«, brauste Alex auf.

Ohne, dass Emily es bemerkte, rutschte der Kuchen von der Platte und fiel vor seinen Füßen auf den alten Kachelboden. Von einer Sekunde zur nächsten war das Kunstwerk zerstört und die Cremefüllung verteilte sich über den Boden, über Alex' Sneakers und über ihre Sandalen.

»Nein. Ich wollte einfach, dass wir die Vergangenheit hinter uns lassen und noch einmal neu anfangen«, sagte sie bedrückt und bückte sich, um die zerstörte Torte aufzusammeln.

»Was soll das?«, fragte Alex gereizt. Ohne einen Eimer und einen Lappen würde sie den Boden niemals sauber bekommen.

Emily fühlte sich hilflos. Sie wollte das Kunstwerk noch irgendwie kitten und gleichzeitig die Tränen in ihren Augen verstecken.

»Außerdem wollte ich mich mit dem Kuchen bei dir für deine Unterstützung in den vergangenen Wochen bedanken«, murmelte sie.

»Meinst du nicht, dass ein Kuchen in Herzform dafür ein bisschen übertrieben ist?«, fragte er irritiert, jedoch hörte sich seine Stimme bereits etwas versöhnlicher an.

»Das Herz ist zersprungen«, antwortete Emily leise und Tränen liefen ihr über die Wangen. »Ich weiß, dass ich mich unmöglich verhalten habe. Bitte glaube mir, ich will mich ändern, wirklich, aber es ist so schwer!« Ihre Stimme zitterte. »Ich war immer auf mich allein gestellt.«

»Warum kannst du mir denn nicht einfach vertrauen?«, fragte Alex sanft.

»Ich vertraue dir«, antwortete sie. »Kannst du mir vertrauen?«

Sie hob den Kopf und sah ihm mutig in die Augen.

Er überlegte. »Ich weiß nicht. Mit dir ist es so, als ob ich immer auf der Hut sein müsste.«

Sie nickte traurig. »Was kann ich tun, um das zu ändern?«, fragte sie mit zittriger Stimme.

»Ich weiß es nicht.«

»Ich will dieselben Fehler nicht noch einmal wiederholen, bitte gib mir noch eine Chance«, bat Emily.

Alex ertrug es nicht, sie so traurig zu sehen. Er hockte sich neben sie auf den Boden und nahm ihre Hand. Mit dem Zeigefinger der anderen Hand streifte er durch die Creme auf dem Boden und schleckte den Finger ab. »Mmh, lecker, Erdbeercreme!«

Sie wischte sich die Tränen ab und lachte.

»Probier mal«, sagte er.

»Schmeckt nicht schlecht«, meinte sie, nachdem sie ebenfalls etwas von der Creme gegessen hatte.

Er sah sie an, wie sie mit roten Augen inmitten von Tortenbröseln und Erdbeercreme saß, und in diesem Moment wusste er, dass er nicht mehr ohne sie leben wollte. Wenn sie Zeit brauchte, um sich zu ändern, würde er ihr diese Zeit geben. Er näherte sich langsam ihrem Mund und küsste sie zärtlich. Ein strahlendes Lächeln machte sich auf ihrem Gesicht breit.

»Ich hab da noch etwas, ich möchte, dass wir ganz neu anfangen, und zwar richtig«, erklärte sie außer Atem und holte einen zusammengefalteten Zettel aus ihrer Tasche.

Überrascht faltete Alex das Blatt auseinander und grinste. Auf dem Zettel stand: *Alex, möchtest du mit mir gehen?* Darunter waren zwei Kästchen: *Nein, ich mag dich nicht* und *Ja, ich will dein Freund sein.* Er holte einen Kugelschreiber aus seinem Rucksack und schrieb etwas. Dann faltete er den Zettel wieder zusammen und gab ihn ihr zurück. Als sie ihn auseinanderfaltete, sah sie ein Herz bei *Ja, ich will dein Freund sein.* Sie umarmte ihn zwischen Erdbeersahne und Marzipan.

Es gab keine Schatten der Vergangenheit mehr, nur noch das Jetzt und einen herrlichen Neuanfang.

Kapitel 24

Ihre Hände waren feucht vor Aufregung. Zögernd drückte sie auf die Klingel. Eine schlanke Frau Mitte vierzig öffnete die Tür. Sie hatte blonde Strähnchen im schulterlangen Haar. Trotz des vielen Make-ups sah sie mitgenommen aus.

»Hallo, Mama«, grüßte Emily und versuchte zu lächeln.

Sie wusste, nicht wie ihre Mutter nach all den Jahren reagieren würde. Eine gefühlte Ewigkeit sagte sie nichts, doch plötzlich rief sie: »Emily!«, und ihre Augen füllten sich mit Tränen. Marion ging auf sie zu und umarmte sie ganz vorsichtig, als habe sie Angst, ihre Tochter zu verletzen. Von dem Gefühlsausbruch überrascht, war Emily nicht fähig, die Umarmung zu erwidern.

»Komm rein«, bat ihre Mutter. Die Wohnung war hübsch eingerichtet, es sah viel ordentlicher aus, als Emily es aus ihrer Kindheit gewohnt war.

»Lebst du allein?«, fragte Emily.

»Ja, ich habe einen Freund, aber er hat seine eigene Wohnung. Chayenne und Jeremy sind schon vor ein paar Jahren ausgezogen.«

»Ich weiß«, antwortete Emily und sah sich in der Wohnung um. »Wir haben ab und zu Kontakt.«

»Möchtest du einen Kaffee?«, fragte ihre Mutter. Sie war nervös, das sah Emily ihr an. Immer wieder knetete sie ihre Finger.

»Ja, gern«, sagte Emily. »Ich helfe dir.«

»Nein, das ist nicht nötig, ich hab so einen Vollautomaten. Ich drücke auf den Knopf und fertig ist der Cappuccino. Oder möchtest du einen Latte macchiato?«

»Cappuccino ist wunderbar.«

Ihre Mutter lächelte.

Emily sah sich um. Die Wände waren alle weiß gestrichen, vereinzelt hingen ein paar Bilder daran. Auf einem kleinen Regal entdeckte Emily ein altes Foto, auf dem alle vier Geschwister zu sehen waren. Es war kurz nach Jasons Geburt aufgenommen worden.

Als Marion kurze Zeit später mit dem Kaffee zurück ins Wohnzimmer kam, zitterte ihre Hand so sehr, dass einiges auf die Untertasse schwappte.

»Entschuldige«, sagte sie und setzte sich neben Emily auf die Couch. Mit einer Serviette wischte sie den Kaffee ab.

Während sie schweigend ihren Cappuccino trank, beobachtete Emily ihre Mutter. Marion nippte nur an ihrem Kaffee und stellte die Tasse wieder auf dem Couchtisch ab. »Danke, dass du gekommen bist«, sagte sie leise und begann zu weinen. »Ich habe so vieles falsch gemacht.«

Auch Emily stellte ihre Tasse weg und sah ihre Mutter an. »Die Umstände waren für uns alle schwierig.«

»Das stimmt.« Ihre Mutter seufzte.

»Aber Mama, ich war damals noch ein Kind. Und du hast mir die Schuld an Jasons Verschwinden gegeben und mich dafür gehasst!«

»Es tut mir so leid ...«

Emily sah auf den Boden und schwieg. Es war ein dunkler Laminatboden, auf dem ein hellgrüner Teppich lag.

»Ich war so überfordert mit der Situation und so verzweifelt ...« Immer noch traute sich ihre Mutter nicht, sie anzuschauen. »Es tut mir wirklich schrecklich leid.«

»Ich habe mir die ganzen Jahre große Vorwürfe gemacht. Kannst du dir vorstellen, wie schlimm es ist, mit solch einer Schuld zu leben?«

Die Mutter hob jetzt ihren Blick und sah Emily in die Augen. »Ich weiß. Es ging mir genauso. Aber es hat mir geholfen, zu wissen, dass es ihm gut geht.«

Emily sah sie fragend an.

»Ein paar Wochen, nachdem du weggegangen bist, bekam ich einen Brief.« Sie stand auf, ging zu einer Kommode und holte ein gefaltetes Blatt aus einer Schublade hervor. »Sein Vater schrieb mir, dass es Jason gut gehe und er in Sicherheit sei. Ich wusste nicht, wo er ist, nur dass es ihm gut geht.«

»Warum hast du es mir nicht gesagt?«

»Das habe ich doch! Ich habe dir mehrere Briefe geschrieben, doch du wolltest mich trotzdem nicht sehen. Hast du sie denn nicht gelesen?«

Emilys Herz pochte wie verrückt. War es nur ihrer Sturheit geschuldet, dass sie jahrelang mit dem Gefühl der Schuld gelebt hatte? Das konnte nicht wahr sein!

»Warum hast du es nicht weiter versucht, auf Chayenne oder Jeremy hätte ich gehört!«

»Ich dachte, du hättest den Brief gelesen und wolltest mir einfach nicht verzeihen.«

Ihre Mutter hatte Tränen in den Augen.

»Es tut mir leid, Emily. Hätte ich gewusst, dass du den Brief nicht gelesen hast, hätte ich alles unternommen, um es dir zu sagen.«

»Bist du zur Polizei gegangen?«

»Natürlich. Sie haben die Polizei in Marokko wohl kontaktiert, doch dabei ist nichts rausgekommen.«

Emily verstand die Welt nicht mehr. »Aber bei der Polizei haben sie mir doch erzählt, es gäbe nichts Neues.«

»Gab es ja auch nicht. Sie ahnten wohl nicht, dass du nicht Bescheid wusstest.«

»Und Chayenne und Jeremy wussten ebenfalls, was mit Jason war?«, fragte Emily.

Ihre Mutter nickte. »Aber viel haben wir darüber nicht gesprochen.«

»Warum haben sie mir nichts davon erzählt?«

»Die dachten doch, du weißt es.«

»Du hast recht, wir haben das Thema Jason immer vermieden, weil es uns nur traurig machte«, erwiderte Emily mit einem Seufzen. »Aber warum hast du Jason denn nicht zurückgeholt, wenn du wusstest, wo er war?«

»Was hätte ich denn tun sollen? Einen Detektiv engagieren und ganz Marokko absuchen? Ich hatte kein Geld dafür und ich musste mich auch um Chayenne und Jeremy kümmern. Wenn ich sie allein gelassen hätte, hätte das Jugendamt sie mir weggenommen. Und dann … Ich habe mich gefragt, ob es Jason bei seinem Vater vielleicht sogar besser geht. Ich meine, dort war er der einzige Sohn eines

Arztes. Ich dagegen konnte nie richtig für ihn sorgen. Ich dachte, es wäre besser so.«

Emily biss sich auf die Lippe. Sie war wütend, wütend über ihre dummen Fehler, über ihr vergangenes Leben. Trauer und Wut übermannten sie mit solch einer Wucht, dass sie nicht anders konnte, als zu weinen und zu schimpfen.

Doch diesmal tat ihre Mutter das, was sie schon vor Jahren hätte tun sollen. Sie setzte sich neben sie und nahm sie ihn den Arm. Leise flüsterte sie: »Es tut mir so leid, mein Schatz.«

Das erste Mal seit sehr, sehr langer Zeit hielt Emily ihre Mutter fest und weinte. Diese tröstete sie stumm. Sie küsste ihr Haar, während ihre Tränen auf Emily fielen. Sie saßen lange auf der Couch, umarmt und weinend, bis ihre Mutter Taschentücher holte, ihr die Tränen abwischte und sagte: »Ich verspreche dir, ab jetzt werde ich für dich da sein, wenn du es willst.«

Emily sah sie an und nickte zaghaft. Sie wollte etwas sagen, doch das Klingeln ihres Telefons unterbrach sie. Es war Alex. Sie bat ihn, sie in einer halben Stunde abzuholen. Dann erzählte sie ihrer Mutter, wie sie Jason gefunden hatte, und dass er sie kennenlernen wollte.

Unter Tränen hörte ihre Mutter ihr zu. Schließlich sagte sie: »Ich denke, ich werde allein hinfahren.«

Emily nickte. Sie hatte einiges nachzuholen.

Als sie nach draußen kam, stand Alex an einen Zaun gelehnt auf der gegenüberliegenden Straßenseite. Sie hatte ihn gebeten, draußen auf sie zu warten. Sie hatte die Beziehung zu ihrer Mutter gerade erst wieder aufgenommen, es war noch zu früh, um ihr ihren neuen alten Freund vorzustellen.

Die ersten bunten Blätter fielen von den Bäumen, während Emily auf ihn zurannte und ihn küsste.

Er hielt sie fest im Arm und fragte: »Wie war es?«

»Es war gut.«

Alex nahm sie in den Arm und sagte: »Es gibt da noch etwas.«

Etwas verunsichert sah sie ihn an. Er holte aus seiner Jackentasche eine kleine Schatulle, die sie sofort wiedererkannte.

»Es ist kein Verlobungsring. Keine Angst.«

Sie lächelte, nahm das kleine Kästchen und öffnete es.

Es war das Schmuckstück, das sie so gut kannte. Doch etwas war anders. Dort, wo sich der Herzanhänger befunden hatte, hing nun ein weißer, funkelnder Stein. Sie wusste sofort, was damit gemeint war.

»Der Fels in der Brandung«, wisperte sie.

Er nickte. »Den alten Anhänger habe ich aufgehoben. Aber ich dachte, dieser passt jetzt besser zu uns.«

Sie küsste ihn. Eigentlich wollte sie ihn nicht mehr loslassen.

Zärtlich streichelte er über ihr Gesicht. »Lass uns gehen.«

Hand in Hand liefen sie die Straße entlang zum Auto. Emilys Hand umschloss den Anhänger. Sie spürte die rauen und die glatten Seiten. Sie würde nicht mehr weglaufen, auch wenn es in ihrem Leben mal stürmisch wer-

den würde. Sie hatte in ihrem Herzen endlich Frieden gefunden und war bereit, ihr Leben zu leben.

DANKSAGUNGEN

Mein Dank gilt meinen großartigen Testleserinnen und -lesern – Sandra, Simona, Corinna, den Bloggerinnen Kitty vom *KITTY411BUECHERBLOG* und Franziska von *BUECHERTATZEN* – sowie meinen Lektorinnen Christiane und Sandra.

Besonders danken möchte ich auch euch – den Leserinnen und Lesern. Für euch ist dieser Roman entstanden. Wenn er euch gefallen hat, schaut doch mal auf meiner Facebook-Seite vorbei. Dort findet ihr Informationen über Neuerscheinungen und besondere Aktionen:
www.facebook.com/ellawuensche/

Und natürlich freue ich mich auch, eure Meinung zu erfahren, zum Beispiel durch eine Rezension im Internet.

Ella Wünsche
autorin@ella-wuensche.de

ELLA WÜNSCHE

Café
Sehnsucht

Lenis Geheimnis

Kaffeeduft und romantische Geheimnisse – im Café Sehnsucht.

Das Café Sehnsucht lockt seine Gäste nicht nur mit dem weltbesten Cappuccino, sondern auch mit dem Duft der Vergangenheit: In der Second-Hand-Ecke findet Hannah dort eine alte Nähmaschine, die sie auf eine Reise in die 30er-Jahre lockt. Bald verliert sich Hannah mehr und mehr in der dramatischen Liebesgeschichte der ursprünglichen Besitzerin Leni. In ihrem eigenen Leben gibt es hingegen viel zu wenig Romantik.

Bis sie Paul begegnet, der die Maschine zum Verkauf angeboten hat, und der bald ebenfalls das Geheimnis der mysteriösen Leni lüften will – und deshalb immer mehr Zeit mit Hannah verbringt …

ELLA WÜNSCHE

Roman

Das Geheimnis der Zitronen

Julie fällt aus allen Wolken; die Kellnerin erbt eine Villa von ihrer Großmutter, die sie nie kennengelernt hat. In dem geheimnisumwobenen Heidelberger Anwesen hofft Julie, mehr über ihre eigene Herkunft zu erfahren und endlich mit ihrer chaotischen Familiengeschichte abschließen zu können.

Durch Zufall gerät sie auf die Spur einer großen Liebesgeschichte, die Jahrzehnte überdauerte und bis heute nachwirkt. Mit dem alten Haus erbt Julie auch einen unliebsamen Mitbewohner: Marc hat bei einem Unfall ein Bein verloren und ist verbittert. Trotzdem übt er eine sonderbare Anziehungskraft auf Julie aus.

ELLA WÜNSCHE

Der Geschmack von
**MANDEL
EIS**

Liebesroman

*Verträumte Buchhandlungen, romantisches Italien ...
ein Roman über Bücher, die Liebe und das Dolce Vita.*

Es ist die Begegnung mit dem Buchhändler Friedrich, die
Maya einen neuen Blick auf die großen Liebesgeschichten
der Literatur eröffnet. Doch als sie einen alten Brief von
Friedrichs großer Liebe findet, wird aus der literarischen
Fantasie plötzlich Realität.

Maya beginnt eine Reise in eine der romantischsten Ge-
genden Italiens, die ihr neue Freunde, bittere Enttäu-
schungen, aber auch die Aussicht auf die ganz große Liebe
bringt. Am Ende des Sommers erkennt sie: Das eigene
Leben ist manchmal der spannendste Roman.